佐高 信
Makoto Sataka

企業と経済を読み解く小説50

Eurus
Notus
Boreas
Zephyrus

岩波新書
1905

はじめに

『小説佐川疑獄』に始まって、『小説経団連』、『小説談合』、そして『小説ヘッジファンド』に『小説日本銀行』と、およそ小説とは似つかわしくない題名の作品が目次に並んでいる。『小説大蔵省』、『小説総会屋』、それに『小説スーパーマーケット』を加えれば八冊である。

これらの作品は経済小説とか企業小説と呼ばれる。私は教師から経済誌の編集者となって、経済や企業のことがさっぱりわからなかった。それで、城山三郎や清水一行が書くこれらの小説を貪り読んだ。そして、「会社国家・日本」の輪郭をつかんだのである。経済も企業も人間が動かす。経済小説を乱読した後で苦手な数字が私の中で立ち上がってきた。

〝小説の神様〟と言われた横光利一は、一九三五年に発表した『家族会議』の「作者自身の言葉」で、「ヨーロッパの知性とは金銭を見詰めてしまった後の知性」であるのに、「日本の知識階級の知性は利息の計算を知らぬ知性である」と指摘した。

株の世界を扱ったこの作品は、その意図に反して成功した試みとは言い難いが、日本の知性が「利息の計算を知らぬ知性」だというのは当たっているだろう。

学者や芸術家のような、夏目漱石のいう〝道楽的職業〟は別として、製造業にしてもサービス業にしても、ビジネスは普通、他人のためにモノを造ったり売ったりする「他人本位」の仕事である。そして否応なく、ビジネスマンやビジネスウーマンは金銭を見詰めさせられる。しかし、横光の鋭い指摘の後も、日本の小説の世界には、作家が自分の私生活を描く「私小説」に代表されるように、「自己本位」の道楽的職業生活者しか登場してこなかった。

道楽的職業ではないビジネスは、他人のためにモノを造ったり売ったりするのだから、どうしても「自己を曲げる」ということが出てくる。そして、「会社」という組織の中では、虫の好かない奴とも協力して仕事をやらなければならない。現代日本の会社員は、二重に自己を曲げざるをえないのである。

しかし、こうした屈折を、戦後のいわゆる純文学作家たちは完全に見落としていた。「売れないのが純文学で、売れるのが大衆文学か」と梶山季之は皮肉ったそうだが、純文学は〝他人本位の屈折〟を経たことのない作家たちのギルド文壇文学だったのである。

もちろん、金銭に背を向け、反俗的姿勢をとることによって、鋭く「現実」を批判した純文学作品の功績を否定するつもりはない。ただ、醜悪な現実に背を向けて、ひたすら自己の内面を掘り下げる態度がマンネリ化し、いわばラッキョウの皮むきにも似た作業になったとは言えないだろうか。多くの作品が「社会」から離れ、「現実」を映すことがなくなってしまったのである。

そこに、現実の企業社会を反映した経済小説が流行する素地があった。

一九五七年に「輸出」で『文学界』新人賞を受け、経済小説のパイオニアとなった城山三郎は当時、「日本の小説は、どうも、経済社会の外で書かれているような気がするんです。小説が人間の生きかたを問うものであるとすれば、この経済界でどう生きるか、また、どういう関わりあいかたをしていくかということは、非常に大きな問題であるはずなのに、それらをはずれたところで小説が書かれていることに対する不満がありました」と述べている。

経済小説をキワモノ扱いする風潮は現在も変わっていない。しかし、経済や企業を描かずして、社会の現実がつかめるのか。理論的な話は別として、とにかく、私はおもしろくてためになる作品を五〇作選んだ。これらを読んで企業や経済へのアレルギーをなくしてくれれば嬉しい。

二〇二一年一一月一日

佐高 信

目次

目次

目　次

目　次

目　次

目　次

I　巨悪の実態

1　「原子力マフィア」の形成

『原子力戦争』田原総一朗著

田原はこれを『展望』に連載して、当時勤めていた東京12チャンネル（現テレビ東京）をやめざるをえなくなった。

「朝まで生テレビ！」の仕切り役として、さまざまなタブーを打ち破ってきた田原の最初のタブー破りがこの作品だった。原子力発電とそれを進める電通という禁忌に田原は挑戦した。私との対談『激突！　朝まで生対談』（毎日新聞社）で、田原はその時のことをこう振り返っている。

「その（連載の）なかで、某大手広告代理店が市民運動を抑えるためにいろいろ裏で動いていたことを暴露する記事を書いた。そうしたら、その大手広告代理店が「こんな連載を書いているやつがいるおまえのところには、もうスポンサーをやらないぞ」とテレ東を脅したんです。テレ東はその大手広告代理店からスポンサーがもらえなくなったら、困るわけです。だから、僕はテレ東に恨みはない。だって、これはテレ東がかわいそうでしょう？　それで、テレ東は僕に、「連載をやめるか、会社を辞めるか、どっちかを選択しろ」と言ってきた。それで会社を辞めました。ただ、それよりもひどかったのは、僕が「辞める」と言ってから、しばらく辞めなかったら、管理不行届ということで、部長と局次長が処分されてしまったことです」

この作品には、ある喜劇的な話が紹介されている。

「あえて名前は出しませんが、ある発電所の設計図でパイプがどうにも不可解な曲がり方をしていましてねえ。発電所側がメーカーに問いあわせたけれどメーカーが答えられないんです。仕方なくアメリカのメーカーにたずねたら、たまたまその設計図のオリジナルを発注したアメリカの発電所が、地形の関係でパイプを曲げざるを得なかったんですね。日本のメーカーはそれを盲目的にコピーしてしまったわけですな。日本の原子力開発はまさにアメリカのデッド・コピーなのです」

『原子力戦争』は、ロッキード等の航空機とは比較にならぬほど莫大な利権をともなう原発にからまる政財界の暗部を追及した、迫力溢れるドキュメンタリー・ノベルである。

「電力会社のいう無事故とは、事故を起さないことではなく、事故を外部に洩らさずもみ消すことだ」という結びでもわかるように、電力会社にヨリ厳しく書かれている。

前記の『朝まで生対談』で私は田原に問いかけた。

「『原子力戦争』は当時、原発推進派に衝撃を与えましたね。原子力船むつの放射能漏れ事件を題材にして、安全よりも巨大利権、すなわち金が優先される構造が描かれている。あの本は先駆的だったと私も評価しています」

すると田原は、「あの本はオイルショックの二年後に原子力発電所が建設ラッシュになった時に書いたものです。執筆の過程で、僕は原子力発電は危険なものだとずっと思っていました。しかし、原子力発電はそう簡単に止めるわけにはいかないとも考えていた。だから、原子力発電は非常に注意をし、警戒しながら慎重に推進しなければならないし、電力会社も安全運転のために全神経を使っているはずだと信じていました。それが、三・一一以前の僕の考え」と答え、原発推進派も無責任だとして、こう続けた。

「たとえば八六九年に貞観地震が起きた時に、今の福島第一原発周辺は一〇メートル以上の津波に襲われた。そのことが二〇〇九年に経済産業省の審議会で明らかにされたにもかかわらず、東電は何の対策も講じてこなかった。福島第一原発の緊急炉心冷却装置や非常用ディーゼル発電機といった自家発電装置を今あるところから一〇メートル以上高台に上げておけば、今回の原発事故は防げたわけです」

そのことを知って田原は東電の幹部に「なぜ、やらなかったんだ?」と詰問したという。

彼らはこう弁解した。

「もし東電が福島で一〇メートル以上上げたら、日本の全原発五四基をすべて一〇メートル以上、上げなければならなくなる。そんなことをしたら、四国電力や九州電力が経営的に破綻する可能性がある」

貞観地震の時の津波を無視したということは、電力会社が人命よりも経済性を優先している証拠ではないか、と田原に問うた。

「そう。東電の原発だけでも一〇メートル上げればよかったのに、それをしなかった。そこが原子力業界の問題点です。二〇〇七年に新潟県中越沖地震が起きた時、柏崎刈羽原子力発電所の運転中の原子炉がすべて緊急停止した。火災も起きている。それでも、東電は福島原子力発電所の地震対策を何もしなかった。本来ならば、地震に強い作りに補強しなおすとか、対策を立てて実行しなければならなかったはずです」

田原は脱原発派の、たとえば使用済み核燃料への具体的対策のなさも指摘しながら、やはり推進側の行き当たりばったりを批判する。

「福島原発の事故後、高濃度に汚染された水を海に大量に流した。今後、同じような事故が起これば、当然また同じ問題が起きる。そこでやっと、フランスのアレバとアメリカのキュリオンという原子力企業から汚染水の処理システムを緊急に買うことになった。なぜ東電は、東芝、日立、三菱重工といった会社にそういう技術を開発させなかったのか。簡単な話です。原発を推進する側に責任を持って物事を決断できる人間がいなかったんです」

これが「原子力ムラ」の最大の問題だと田原は言うが、三・一一以前にはメディアが何も書けなかった。原発と権力とメディアと文化人が一体となって「原子力マフィア」を形成していたからである。

2 なぜ東電は潰れないのか

『ザ・原発所長』黒木 亮著

二〇一五年にこの本が出た時、『週刊現代』に頼まれて次の書評を書いた。

〈この壮大にしてスリリングなノンフィクション・ノベルを読んで、まず最初に思うのは、いまは亡き吉田昌郎を思わせるこの原発所長なかりせば、この国はとんでもないことになっていただろうということである。

もちろん、「富士祥夫」というこの所長とて万能ではない。しかし、為すべきことを知り、何よりも責任ということを知っていた。

この富士の眼から、あの大震災と原発事故を見たために、原発の問題等を含めて、この国の暗部も明部も立体的に浮かび上がった。

たとえば、首都電力と対立して遂には〝国策逮捕〟される福島県知事の佐藤栄佐久について、〝東北の坂本竜馬〟を自称する代議士がこう語る。

「原発は大きな利権だからな。政官財だけでねぐって、裏の社会も関わってるしな。首都電力が下請け作業員一人あたりに払うのは十万円で、それが作業員のとごまでくると一万円ですよ。電力会社の設備投資は年間二兆円からある。これらみんなが利権ですよ。触れては駄目だな」

これを問題にしたから佐藤は逮捕されたということだろう。

今度、検察審査会によって事故当時の東京電力の首脳三人が起訴されることになったが、この原発のメーカーはゼネラル・エレクトリック(GE)である。

それについて、富士と部長が作中で信じられないような会話をかわす。

「しかし、よりによって、何でこんなレイアウト(設備の配置)にしたんですかね」

「うちの会社が、GEの設計を丸呑みしたからだよ」

そして部長はこう付け加える。

「GEはアメリカの会社だから、竜巻やハリケーンは頭にあるけど、地震のことは詳しくない」

富士が頷くと、「ましてや津波なんか、考えたこともない。向こうの原発は内陸部の大型河川沿いにあるからな」と部長は続けた。

とてつもないエネルギーで暴走しかねない原発を改めて考えるための必読の力作である。〉

『毎日新聞』の依頼で、私は二〇一一年六月二八日の東電の株式総会を〝観戦〟したが、報道機関向けの東電本店大会議室の総会中継場は、静かすぎるほど静かだった。

強烈な違和感を持ったのは、「撮影、録音、配信につきましてはご遠慮願います」と張り出された掲示である。

あれだけの事故を起こし、まだ収束していないというのに、なお閉鎖的な株主総会をやろうというのか。株主総会は株主相手とはいえ、東電はそもそも存続していいのかという疑問が大きく膨らんでいる最中である。

その時に、こんな張り紙を出し、とにかく内向きに終えようとしている。そしてまた、それをおかしいと思わないメディアの人間が、パソコンの音だけを響かせながら、淡々と総会の模様を記録している。その異様さに私は腹立ちを通りこして呆然としていた。

午前一〇時の開会から、およそ六時間。休憩もなく、ひたすら総会は進められ、午後四時少し過ぎに終わったが、議長を務めた代表取締役会長の勝俣恒久はじめ、ヒナ段に並んだ経営陣は、みんな紙オムツをはいていたといわれる。トイレにも立てずに垂れ流していたということだろうか。

この株主総会観戦記を含めて、私は同年の一〇月に『電力と国家』(集英社新書)を出した。戦争中の電力の国家管理まで逆のぼって、「電力と国家」の死闘の後を振り返ったのだが、『ザ・原発所長』の問題意識を受け継ぐと思うので、その結びに当たる部分を引いてみたい。

「勝俣の答弁で私が一番腹が立ったのは「計画停電」である。メディアも東電の発表したその言葉をそのまま使うが、地域独占で供給責任を負う電力会社が軽々に使っていい言葉ではない。独占を放棄するか、社長のクビを差し出さなければ使えない言葉であるはずなのに、メディアも無感覚に使う。せめて括弧ぐらいつけろよと言いたいが、東電をはじめとした電力会社に完全に骨抜きにされたメディアには、それも望み過ぎなのだろう。」

骨抜きにされたのはメディアだけではない。学界もそうであり、原子力安全委員会等もそうだった。そして東電は、原子力安全委員会の定めたところに従いとか言って、それらを利用した。

作中の原発所長「富士祥夫」に比して、勝俣らのトップはまったく反省していなかった。反省するどころか、反撃してメディアを締めつけ、発送電の分離を防いだのである。

ビートたけしや弘兼憲史ら、電気事業連合会の原発推進広告に出た者たちを私は『原発文化人50人斬り』(光文社知恵の森文庫)で実名を挙げて断罪したが、三・一一の後も、石坂浩二、佐藤優、山内昌之らが〝新・原発文化人〟として踊っている。

そもそも、東電が倒産して誰が困るのか。

確かに経営者、社員は困るだろう。出資している株主や銀行、それに社債を買っている人間も困るが、そのリスクを承知で株を買い、融資しているのではないか。

日本航空は倒産させ、会社更生法によって再建を図った。どうして東電は倒産させられなかったのか。ハネ返りの大きい銀行がそれを回避する案をつくったといわれるが、それでは資本主義ではないではないか。そんなことも思い起させる作品である。

3　現役官僚による告発

『原発ホワイトアウト』若杉冽著

現役経産官僚が書いたという触れ込みの著者、若杉冽はもちろん筆名だが、「原発はまた必ず爆発する！」という惹句でわかるように、反原発のフィクションである。なかに「日本電力連盟」が出てくる。電力会社の集まりである電気事業連合会、略称、電事連のことだろう。

若杉によれば、驚くべきことに「法人格を取得していない任意団体」だという。

「総額一五兆円の売り上げを誇る業界でありながら、その業界団体が法人格すら取得していない……これは極めて異例である。日本の自動車、鉄鋼、電機、化学、通信、産業機械といった他の主要な業界団体はすべて法人格を取得しているにもかかわらず、である」

「外部の介入を過度に警戒しているから」だというが、闇を照らす電力会社の集まりが闇に包まれているわけである。

若杉の指摘が続く。

「公益法人という法人格を取得したとなれば、主務官庁による検査や帳簿閲覧といった監督権が法律上及ぶことになる。実際には、よほどのことがなければ、主務官庁が実質的に公益法人の経営に介入してくることはないが、念には念を入れて、公益法人化を避けているのだ」

電力会社が国の補助金を受け取らないのも同じ理由からである。会計検査院の検査が入って暗部が暴かれるのを忌避している。補助金を受け取ると、政治献金もできなくなる。

電力業界が外部に発注する金額の総計は五兆円にのぼり、その上前の上前だけで、日本電力連盟こと電事連には、四〇〇億円もの預託金が使途自由な工作資金として積まれることになるという。

それを使って、どんな悪さをするのか。

その一端が暴露されたのが、一九九一年の青森県知事選挙だった。アントニオ猪木の秘書だった佐藤久美子が『議員秘書、捨身の告白――永田町のアブナイ常識』(講談社)で、その経緯をブチまけたのである。

六ヶ所村への核燃料サイクル施設の誘致をめぐって、「原発推進派」の現職の北村正哉と、「一時凍結派」の山崎竜男、そして、「原発反対派」の金沢茂の争いとなった。

この中の山崎側から猪木に一五〇〇万円で応援依頼があり、引き受けたが、自民党の東北のボス、三塚博から、一億円で北村の応援をと頼まれたので、猪木はあわてて一五〇〇万円を返し、北村の応援に行ったという。

佐藤の書いているところによれば、北村は決して安泰ではなかったので、電事連は「(北村の)当選のためならいくらでもカネを出す」という意気込みだったとか。

電事連は三塚が関係しているキャンペーン・ダイナミクスとコンサートのイベント契約という名目で契約書を取り交わし、猪木に一億円が流れるようにした。しかし、三塚側が中抜きして、猪木には三分の一ぐらいしか渡らなかったらしい。

この「リアル告発ノベル」が反響を呼んだので、若杉は第二弾、『東京ブラックアウト』(講談社)も出した。オビには「原発再稼働が殺すのは大都市の住民だ?」とある。

筆名とはいえ、若杉はよくこれを書いた。

多分、"I am not ABE" と最後に自分の意志を示して、テレビ朝日のコメンテイターを降された古賀茂明の考え方に共鳴する経産省の後輩なのだろう。

古賀は私との共著『官僚と国家』(平凡社新書)で、エネルギー担当からはずされた経緯を語っている。その前に私が『電力と国家』(集英社新書)を書いた時、『青春と読書』という集英社の雑誌の二〇一一年一一月号で古賀と対談した。

「入省されてまもなく、お若いころにすでに(国家と電力の現状に)違和感を覚えられていたとか」と問いかけると、古賀は、「はい。経産省の若手エリート官僚と東京電力のエリート社員とが、勉強会と称して酒席を設け、ある種同好会的なノリで仲良くしているのを目にしてきました。異様な世界です」と言い切った。

「経産省と東電が馴れあっている」と応じると、「ええ、そうです」と淀みがなかった。

『原発ホワイトアウト』

『官僚と国家』から、古賀の発言を引く。

「僕は、若いときに、発送電分離を日本の中で大きな流れにしようと思って、パリにあるOECD(経済協力開発機構)に出向していたとき、日本に対して発送電分離をやれという勧告を出させようとしたんです。それでもう電力の逆鱗に触れまして、それ以来、僕は資源エネルギー庁で仕事をさせてもらえなくなりました」

経産省では次官に続く経済産業政策局長がウルトラ・エリート・ポストで、その前に、エネ庁の電力関係の課長や部長を経験する。ところが、古賀は若くして反電力のレッテルを貼られて、エリートコースからはずされたのである。

おもしろいことに、古賀が吹き込んだ「OECDが発送電分離を勧告へ」という大見出しの記事は『読売新聞』に掲載された。たまたま、その時の通産(現経産)相、佐藤信二が地元の中国電力とトラブっていて、脅しも兼ねて、新聞記者に言ってしまったらしい。

古賀に同情的だった次官の牧野力も後で、「古賀君ねえ、あの時は本当に大変だった。肝を冷やしたぞ。資源エネルギー庁が怒り狂って怒鳴り込んでくるし、どうなることかと思った」と古賀にぼやいたという。

しかし、これが電力には改革が必要だという議論が始まる契機となった。その流れの中で若杉の小説も生まれたわけである。

4　電力の鬼と呼ばれた男

『まかり通る』小島直記著

一九八〇年に私は『経済小説の読み方』(こう書房、のちに現代教養文庫)という本を出し、それまで一面識もなかった小島に贈った。それに対して小島は、次のような丁重な手紙をくれた。

〈御高著『経済小説の読み方』を御恵贈賜り、まことにありがとうございました。

拙著『小説三井物産』を御取り上げ頂き、「企業小説の原点、あるいは、草創期の日本資本主義小説の原典ともいうべきもの」との過分のお言葉で、光栄至極に存じます。

この小説は、私が四十六歳のとき、背水の陣をしいてペン一本となり、それから間もなく『週刊現代』に連載したもので、特におもい出となるものです。その後私は、伝記に力点をおく仕事をつづけて参りました。そしてついこの間、四年かけた『松永安左ェ門』を脱稿いたしました。

大きな宿題をはたして、すでに私は六十一歳となりましたが、老骨に鞭打ち、大いに書きたいものと決意しております。そこに貴方のご本が届き、何よりの励みとなりました。心から御礼申上げます。〉

送って一週間も経たないで届いたこの手紙は本当に嬉しかった。そして、ホンモノは名声や肩書で人を見ないんだなと思った。

小島は郷誠之助、三木武吉等、小島の魂がバイブレートした「硬派の男」の伝記小説を書いたが、特に松永については、三度その「生涯」を書いている。

「朝ハオ茶、昼ハガナリテ、夜ハ酒、婆ア死ンデモ何ノ不自由」と言って最晩年を送り、一九七一年に九六歳で大往生を遂げた耳庵、松永安左ェ門の何に、小島はそれほど惹かれたのか。

それは「電力の鬼」といわれた耳庵が、最期まで原理原則の勉強を欠かさず、常に創造的意見をもって現役でありつづけたからである。その交友の幅広さと教養の深さは、戦中に松永が電力の国家管理に反対して一切の役職を退き、伊豆の堂ヶ島に隠棲していた時に訪れた客を見ればわかる。「電力の鬼・松永安左ェ門」が副題の『まかり通る』によれば、それは長谷川如是閑、志賀直哉、安倍能成、谷川徹三、武者小路実篤、和辻哲郎等々である。

そもそも日本の電力国家管理法は一九三五年にナチスがつくったエネルギー事業法のコピーであり、国会で、当時の陸軍大臣、杉山元が明言した通り、「電力国管は国防計画上必要」なのだった。それに松永は体を張って抵抗したのである。

「産業は民間の自主発奮と努力にまたねばならぬ。官庁に頼るなどはもってのほかで、官吏は人間のクズである。この考えを改めない限りは、日本の発展は望めない」と言い切って、ある内務官僚にカミつかれてもいる。

戦後、九〇歳を過ぎたある年に、電力関係の祝賀会が開かれた時、通産(現経産)大臣の代理が出ている席を見ながら、松永はこう言った。

「僕は、今日は電力一筋に生きてきた者としてあいさつをするのだが、通産大臣は電力に対して何の功労があるか。その大臣の席が僕の上席にある。こんなことでは、電力界は日本のエネルギー・パワーを背負って、大衆のために灯りをつけることはできぬ。電力界は役人の奴隷になっているのか」

その松永が亡くなった時、中日友好協会名誉会長の郭沫若が長い弔電をよこした。若き日に日本に亡命してきた郭を、松永がかくまった恩義に感じてである。

それに対して松永の弟子の木川田一隆は自ら筆をとって礼状を書いた。リベラルな木川田は、共産主義の中国に何の偏見も持っていなかった。むしろ、できるだけ早く国交を回復した方がいい、と思っていた。

そんな思いを込めて書いた礼状に、郭は、「中国と日本とのあいだには、長く不幸な時代がありましたが、もしあなたに、そのお気持ちがあるなら、中国の各地を旅行してみませんか、そしてお互いに語り合ってみたいとも思います」という手紙をよこした。

この手紙は、台湾から中国へ〝転身〟しようとしていた財界人たちに絶好の口実を与える。次々と名乗り出る厚かましい便乗組によって、肝心の木川田は顧問にされ、その年の暮、「東京経済人訪中団」は出発した。しかし、右翼は誰が中心人物なのかを見誤らず、木川田の家に爆竹が投げ込まれる。それでも木川田は泰然としていたという。

こんなエピソードもある。

同じころ、赤軍派が財界首脳を襲うという情報が流れた。警視庁は当時の経団連会長・植村甲午郎、日経連会長・桜田武、日本商工会議所会頭・永野重雄、そして経済同友会代表幹事だった木川田の身辺警護に当たったのだが、木川田は、「植村が左翼からねらわれるのはわかるが、私の場合は右翼からではないのかね」と笑いとばしたという。あるいは、それが伝わって爆竹が投げ込まれたのか。

拙著『原発文化人50人斬り』(光文社知恵の森文庫)を引きながら、木川田のことを書き加えたが、弟子の木川田からも松永像が浮かび上がる。

「官僚、官僚とののしるが、官僚という別の人種がいるのではないんだ。人間が権力を持ったときに示す自己保存、権力誇示の本能の表現、それが官僚意識というもんだ」

松永はこう喝破したが、三二歳の時、株でもうけそこなって一文なしになり、そこで徹底的に自分を鍛え直そうとし、無理して二年分の家賃を前払いして考えに考えた。その貧乏な浪人生活が後世の松永をつくった、と小島は言っている。

5　戦後最大級の疑獄事件
『小説佐川疑獄』大下英治 著

一九九三年に私は弁護士で日本社会党の代議士(当時)だった伊東秀子と『佐川急便事件の真相』と題した岩波ブックレットを出した。そのころ、総選挙の後のテレビの座談会で、自民党代議士の加藤六月と同席し、「佐川急便事件は自民党政治の生んだ宿便のようなものだ。ロッキード便にリクルート便が重なり、それに佐川急便が重なった」と発言して、加藤に、「あまりに自民党を侮辱している」と憤慨されたことがある。

その戦後最大級の疑獄の闇を大下はドラマ化した。

佐川急便はヤマト運輸と対照的な会社である。対極に位置すると言ってもいい。

宅急便の創始者のヤマト運輸元社長、小倉昌男は、運輸(現国土交通)官僚が、佐川急便事件と運輸省は何の関係もないと言っているのを聞いて、「冗談じゃない」と激昂した。

佐川急便事件は、運輸省が佐川のさまざまな違反を見逃して、いわば白タク営業を黙認していたようなものであり、共犯とも言えるものである。政治家の圧力に屈して、佐川が急成長するのを手助けした運輸官僚が「何の関係もない」と強弁するのは、種々の認可を遅らされるなど、陰湿なイジメを受けつづけたヤマトの小倉にしてみればガマンがならなかった。

運輸官僚は、佐川から餞別などのワイロを受け取る一方で、(黒)ネコいじめをやってきた。そうした「官僚の敗北」という視点からも佐川急便事件は描けるし、もちろん、逮捕された東京佐川急便元社長、渡辺広康らの犯罪としても描くことができる。

ただ、むずかしいのは、現在進行形のホットな事件を入手しうる限りの資料で描いて、どこまで誤りなきを期せるかである。事件が一段落し、資料も出そろったところで、それを書くのは作家にとって危なくない。しかし、読者は、いま読みたいと思っている。

そうした性急なニーズに、大下英治はこれまでもリスクを冒して挑戦してきた。『小説江副浩正――泥まみれの野望』(徳間書店)など、その最たるものだろう。

多分、このチャレンジ精神は広島大の先輩で師と仰ぐ梶山季之から受け継いだものである。

梶山は、池田勇人の自民党総裁三選にからむ電源開発の九頭竜ダム建設事件を『大統領の殺し屋』(光文社)という小説に書いた。

この事件では池田の秘書官や業界紙記者が不審な死を遂げたが、〝遠い国の話〟として、イケルヴィッチ(池田)やシロカネスキー(黒金泰美官房長官)らを登場させた梶山は最後に「この作品は、すべて架空の物語です。しかし、もし事実の部分があるとしたら、筆者がなんらかの形で報復されることでしょう」という断り書きをつけた。

つまり、自分の身をもってその真実を証明しようとしたのである。

この作品は、のちに同じ事件を扱って映画化もされた石川達三の『金環蝕』には及ばないかもしれないが、そのチャレンジャーとしての名誉は燦然と輝いている。

大下には、是非この師のたくましさを受けついでほしい。

大下は、あるインタビューで、こう語っていた。

「専門家ではないから全部を知っているわけじゃない。普通の人であれば、知り尽くしてから、じゃあやりましょうとなるのを、知りたいと思ったら、もう始めているんですよ」。三越の岡田茂の愛人だった竹久みちをはじめ、田中角栄、小佐野賢治、金丸信等々。「デモーニッシュな、人間がもつエネルギー。そこに興味があるから書く」という精神で、大下はこれらの人間を取り上げてきた。

一九四四年に広島に生まれ、一歳の時に父親を原爆で亡くした大下は、「社会に落とし前をつけさせる」という不敵な魂をもちつづけている。それは、容易なことでは消えない怒りの火である。

「なんで実録が多いのかというと、裏を返した〝私小説〟を書いているんです。相手と自分の中の似た部分、共感する部分を重ね合わせ、書きながら興奮しているんですよ」

そのインタビューで大下はこうも語っているが、そんな大下の歌う「枯れすすき」には凄みがあった。

俗に「女のソープに男のサガワ」といわれた。身体はボロボロになるが、おカネはためられる商売というか仕事ということである。その実態を大下のこの小説は明らかにした。「小説」と銘打ってはいるが、「徹底取材」した作品であり、基本的に事実に立脚している。

たとえば、佐川急便が北海道に進出する時、札幌陸運局は「荷主もない、運転手もいない、倉庫もない」会社の「七七台もの増車申請」を認めた。乗っ取られた会社の社長が職員を問いつめると、「佐川急便は、本省扱いなんで、ここではなんとも……」と答えたという。

これが一九八一年のことだった。

それから二年後の八三年に、金沢で北陸佐川急便金沢店の新社屋披露パーティが開かれた。出席者は会長の佐川清夫妻ら約一〇〇〇人。橋幸夫や小柳ルミ子にまじって、自民党代議士の森喜朗や奥田敬和が出席し、共に佐川を最大限に持ち上げた。

祝電は、当時の首相、中曽根康弘をはじめ、熊本県知事だった細川護煕、日本船舶振興会会長の笹川良一らから届いた。日本新党を立ち上げて首相となる細川は、すでにこのころから、ルール違反の佐川商法を評価していたことになる。結局、それが首相辞任の原因となった。

6　ロッキード事件の利益構造

『金色の翼』　本所次郎 著

一九七六年二月四日、アメリカの上院外交委員会多国籍企業調査小委員会の公聴会で、ロッキード社の対日売り込み工作に関わって、右翼の黒幕、児玉誉士夫の名がとびだしたことから始まったロッキード事件は、国際興業社主の小佐野賢治、全日空社長の若狭得治、丸紅社長の檜山廣などの衆議院予算委員会での証人喚問に発展し、次のような逮捕者を生んだ。

七月八日、東京地検、若狭を外為法違反、偽証容疑で逮捕。

七月一三日、檜山を外為法違反容疑で逮捕。そして、七月二七日、前首相の田中角栄が、ロッキード社からの五億円受領による外為法違反容疑で逮捕される。さらに、元運輸大臣の橋本登美三郎や政務次官の佐藤孝行が全日空からの受託収賄により逮捕された。

全日空がロッキードから航空機を買うように、さまざまな人間が働きかけることによって起こったロッキード事件とは、そもそも、どういう事件だったのか。

児玉を通じてロッキード副会長のコーチャンに紹介された小佐野は、トライスターの導入を田中に働きかける。

一九八三年一〇月一二日、その田中は東京地方裁判所で「懲役四年」の実刑判決を言い渡された。それを報ずるテレビを見ながら、作家の清水一行と話した時のことを私は思い出す。清水はそれまで、田中が「生理的に好き」で、いろいろ書いてもきたが、田中軍団を膨張させて権威と権力を誇示するのを見て、日に日に嫌いになっている、と語った。

それで、田中のフンケイの友である小佐野に会った時、そう言ったら、「えっ、そりゃまずいよ。おれは相変わらずあの人が好きなんだから理解してやってよ」と小佐野に返された。

清水は、ロッキード事件が発覚した頃から、被害者は意外に田中の方かもしれない、と思ってきた。というのは「仕掛ける」のは、利益を前提にした方であり、それによって儲けようとする方である。とすれば、仕掛けたのは丸紅であり、全日空ではないか。いや、もっと元をたどれば、ロッキード社ではないか。

一般的には、丸紅の檜山廣や全日空の若狭得治など、企業側の人間は、すべて政治の被害者だと見られているが、それはおかしい。

最初は丸紅や全日空が仕掛け、田中は「力」を持っていたから、その仕掛けに乗って、「よっしゃ、よっしゃ」と引き受け、五億円の〝報酬〟を受け取った。だから、どちらかと言えば、田中の方が被害者で、加害者は檜山や若狭、あるいはコーチャンとなるのではないか。

最初は、こう考えて田中に同情的だった清水も、一九八二年秋の時点で、すでに田中の傲岸さには、ほとほとイヤになっていた。顔をむくませ、老醜をにじませてまで、力の維持を図ろうとする田中に、清水は人間の業の深さを見たのである。

その清水にかわるように本所が企業の動きに焦点を当ててロッキード事件を書いた。それがこの作品である。

海運や航空等の運輸業界に特に強い本所には、三光汽船のジャパンライン株買い占め事件を描いた傑作『転覆――海運・大型乗っ取り事件』（講談社文庫）がある。

『金色の翼』はその続編ともいうべき作品で、主人公は共に、運輸省の海運局長として海運再編成をやった山野良一。『転覆』の最後で山野は運輸次官を経て、次期社長含みで航空会社の顧問となっているが、この山野のモデルが全日空の社長となった若狭である。

本所は、山野が天下った「全日航」について、「全日航の社員気質は、金を支払う立場にある調達部や宣伝課だけにとどまらず、頭を下げるべき営業部門においてさえ、少し優位な立場に立つと、代理店にさえ殿様風を吹かす偏狭なところがある」と辛辣に書き、そうした「二流会社」だと断定している。

「殿様風」は「全日航」だけでなく、日本航空をモデルにしたと思われる「国航」でも同じだろう。あるいは、「国航」の方がひどいのではないか。

本所は、小説ではなくノンフィクションとして書いた「日本航空」（現代教養文庫『企業探検――日本株式会社の〝聖域〟に挑む』所収）で、一九八六年春の両社の政官界工作を、こうドキュメントしている。

〝忍者部隊〟と呼ばれる社長直属の秘書室の面々が議員会館の航空族議員の部屋を訪ねる。

「五割引きの航空券です。先生に使ってもらって下さい」

日航の忍者が議員秘書に百枚綴りのチケットを差し出すと、その秘書はパラパラとそれをめくりながら、「半額券ねえ。全日空は無料航空券だよ」と机の上から分厚い航空券の束を取り上げる。

日航の忍者は出鼻をくじかれ、「おそれいりました。なにしろ日航は特殊法人でして、大蔵省や会計監査院の特別監査があってご期待に添えません。日航が民営化した暁には、いずれ……。ところで、先生もお忙しいでしょうが、近日中に一席……」と方向転換して、手帳のページを繰る。

この「日本航空」の中で、本所はロッキード事件について、こんな指摘をしている。

「あのロッキード事件は、金銭の授受問題のみに目を奪われがちだが、その底流には、一九七二年一一月の運輸大臣通達(航空憲法)で規定した路線図の作成をめぐり、不透明な競り合いが存在したのである。その意味でロッキード事件における全日空は、スケープ・ゴートといえなくもない」

のちに本所の紹介で私は若狭に会ったが、少なくとも居丈高な人ではなかった。

7　財界の総本山に迫る

『小説経団連』秋元秀雄 著

「僕は、小説を書いているなどというおこがましい考えはもっていないのですよ。勝手にそんな形式を使うのは怪しからんといわれれば、それまでですがね」

雑誌『財界』の一九七三年五月一五日号の座談会「事実は小説よりも奇なり」で、秋元はこう述べている。

秋元は読売新聞経済部の出身だが、「どうしたら経済欄をおもしろくできるか」と考えて、「内幕小説」を書き始めた。いわば、「小説」という〝腹〟を借りて「おもしろい内幕もの」を産み出そうとしたのである。

前記の座談会は、伊藤肇を司会とし、城山三郎、山崎豊子、三鬼陽之助、そして秋元というメンバーで行われているが、城山と山崎が「初めに人間ありき」で、まず最初に主人公の人間像をつくりあげるのに対し、秋元や三鬼は「記者が尊重しなければならないものは事実だ。事実の上にもとづく立証だ。それを忘れて、あまり頭の中で先走りしてはいけない」という記者根性を徹底して叩きこまれたために、〝小説〟と言っても、限りなく〝事実〟に近づこうとする。もちろん、モデルとした人間に会わないで書くといったことは考えられないのである。

こうした秋元が綿密な取材の下に、「財界の総本山」といわれる経団連（経済団体連合会）をクローズアップしようとしたのが、この小説である。

フィクションとノンフィクションの間をつなぐ〝狂言廻し〟の役を演じさせている新聞記者に、秋元は、「まったく政財界というのは表裏一体なんだな、政治家の動きだけ見ていたんじゃ、全体の流れがわからないな、財界でその裏付けをとらないとな」と述懐させているが、「財界の政治献金部長」といわれた経団連副会長兼事務総長・花村仁八郎に焦点を当てた時、この小説の成功は約束された。

東大の経済学部に入り、大内兵衛ゼミでマルクス経済学を学んで昭和七年に卒業した花村は、不況の最中だったので、保護司になり、そして、経団連の前身である「重要産業協議会」に就職する。

花村は東大在学中に病気で一年留年しているが、そのため、昭和六年の卒業生とも〝同窓生〟になった。この「昭六会」には、住友金属工業会長の日向方斉や住友化学会長の長谷川周重がおり、昭和七年卒業の「昭七会」には三井銀行元会長の小山五郎や三菱油化会長の黒川久がいるが、これらの経営者と、「おれ」「お前」の仲であることが花村の〝神通力〟の秘密だった。経団連が各業界、各企業に割り当てる政治献金の、いわゆる「花村リスト」は、こうした人たちによって底支えされていたからである。

この花村が、金権批判で田中角栄が退陣し、三木武夫が首相となって「きれいごと」の風潮が昂まっていく中で、それにどう対応していったか。

植村甲午郎の後を承けて経団連会長となった土光敏夫の真意がつかめぬままに苦慮しながら、政界と財界を何とかつないでいこうとする様が描かれる。つなぐものは、あくまでもカネだった。

「政治はカネがかかりすぎるのが、なんといっても諸悪の根源だが、カネのかからない政治が実現したって、財界の連中は、カネを出したがるだろうな」

椎名裁定で三木を首相にした椎名悦三郎はこう皮肉っている。

田中角栄が首相だった時、その金権体質を表では激しく批判しながら、割り当てられると、何億円も財界は銀行に振り込んだ。

秋元が言うように「政治献金とはそういうもの」なのか。

喜んで出すわけではないが、この資本主義体制を守るために必要なのだと言われれば、経営者は条件反射のように会社裏経理のカネを動かすという。

こうしたカネの流れが具体的にわかるところにも、この小説の価値がある。

たとえば、三木内閣の時、自民党幹事長の中曽根康弘と財務委員長の小坂善太郎が、参議院議員で、元新日本製鉄副社長、というより、財界の政治部長といわれた藤井丙午を訪ねる場面がある。

年末までに、どうしても一六億円いるんです、と中曽根に言われた藤井は、その場で土光に電話をかけ、三人で土光を訪ねる。経団連会長になって献金に消極的な発言を続けて花村をとまどわせていた土光は、しかし、三人の訪問を受けて花村を呼んだ。

「花村君……、党の越年資金のことなんだが、どうしても一六億円要るんだ。／……藤井さんまで一緒に来られているし、このカネはなんとか調達しないとね、ぼくは政治献金のほうは、よくわからないからきみが、按配してくれ」

土光はこう言ったが、その前の記者会見では、「経団連は、政治献金からいっさい、手を引く。いままでも経団連として政治献金に関わり合いを持ってきたわけではない。ほんの一部の人が関係してきただけなんだ」と言い切っていたのである。

「一部の人」の花村が呆気にとられるのも無理はないだろう。

しかし、とまどってばかりもいられない。花村は藤井と相談し、藤井が新日鉄会長の稲山嘉寛に頼んで四億円出させ、残りの一二億円は花村が当時の六大商社に二億円ずつ割り当てた。

これは三木内閣が改正強化しようとした独占禁止法つぶしのためだったとも言われるが、まことにナマナマしいカネの動きである。

自分の在任中は失点のないようにと願う経営者にとって政治献金は「掛け捨て保険」のようなものという言い方もあるらしい。

8　銀行に銀行を食わせる

『戦略合併』広瀬仁紀 著

住友銀行(現三井住友銀行)に吸収合併された平和相互銀行の創業者、小宮山英蔵は〝怪物〟と言うしかない男だった。

人は死んでその値打ちが定まるというが、この怪物の密葬には、岸信介、福田赳夫、中曽根康弘といった、元、前、現の首相が参列した。日本一でもない相互銀行の創業者の密葬に、これだけの政治家が駆けつけたのである。その後行われた銀行葬には、田中角栄、二階堂進、藤井丙午、澄田智らの政財界要人を含む五〇〇〇人が参列した。藤井は元新日鉄副社長で〝財界の政治部長〟といわれた人であり、澄田は元大蔵次官で、のちに日銀総裁をつとめている。

この作品は、平和相互銀行ならぬ平安相互銀行、つまり平相が、住友銀行ならぬ大隅銀行に食われる過程をナマナマしく描いたものであり、怪物の小宮山は「牧原大造」として登場する。

広瀬が作中で書いているように、牧原ならぬ小宮山は、いざという時のために、自民党の主流、反主流の双方の派閥に献金していたのである。田中角栄にも、福田赳夫にも、あるいは中曽根康弘にも小宮山は近かった。政治献金という名の〝保険金〟は、「おそらく牧原大造自身が、どれほどになるかがわからない金額」だった。

先に、この小説は、平相が住銀に食われる過程を描いていると書いたが、「食わせた」のは大蔵省（現財務省）である。

広瀬は「銀行局の陰謀」という章で、それを暴く。広瀬はこれまで、大蔵省と銀行の虚々実々のドラマを数多く書いてきた。たとえば『銀行壊滅』（講談社文庫）では、大蔵省の銀行局長が、外国銀行の日本上陸や金利の自由化をチラつかせながら、銀行の体質を強化するという名目で、ある地方銀行が相互銀行二行を同時に呑み込む垂直合併をやり、さらに別の地銀下位行と水平合併させた上で、大手の有力都市銀行にそれを呑み込ませる案を考える。この作品にも「大隅銀行」が登場しているのが興味深いが、広瀬は、寄り合い所帯に馴れさせるための三行同時垂直合併から水平合併へという大きな筋書の中で、粉飾決算をしてまで配当をする企業とメインバンクの関係、あるいは銀行における口座なしの定期預金の発覚等、さまざまな暗部が暴かれ、それがまた、それぞれの思惑で利用されるという形で、ドラマを展開させている。

無尽から出発した相互銀行（現在の第二地銀）の中でも、平相は異色だった。政治家やダーティな人間たちとのつながりの深さもさることながら、夜七時までの営業で話題を呼び、客を集めた。そのため、〝闇の世界の貯金箱〟といわれたり、ホステスがよく利用するので〝ホステス相互〟などとも呼ばれた。

ともあれ、のちの銀行・証券スキャンダルのスタートともなったイトマン事件は一九八六年に住友銀行が平相を合併したことに端を発している。住銀はこれを機に闇の勢力にガッチリと

『戦略合併』

食い込まれたからである。

「資料提供・住友銀行東京広報部」と後記された『企業コミック・住友銀行』(世界文化社)という本がある。冒頭に、大蔵大臣だった竹下登が住銀会長の磯田一郎に平相を何とかしてくれと頼む場面がある。そして、平相のワンマン、小宮山英蔵を評して、二人は、「銀行を私物化しちゃあいかんよ!」と口をそろえる。

ここを読んで私は思わず吹き出した。のちに明らかになったように、住銀を私物化したのは磯田自身だからである。

磯田は自らの名誉欲を満足させるために平相合併を強行した。それに対し、ブラック・ジャーナリズムや右翼、暴力団、さらには政治家が巣食っている平相を吸収しても、果たしてプラスになるか危ぶんだ頭取の小松康は、もし合併するとしても、それらのいかがわしい部分にメスを入れようとした。

しかし、ダーティな彼らがそれを易々と受け入れるわけがない。住銀東京本店への糞尿バラまき事件は、それにからんで起こったといわれる。

結果的に、小松は磯田によって解任された。そして磯田は闇の勢力と妥協し、これがイトマン事件につながっていく。

磯田は住銀常務だった河村良彦をイトマンに送り込んだが、河村は〝地上げ屋〟である伊藤寿永光をイトマンの常務にし、同社及び住銀を抜き差しならないところまで追い込んだ。河村は利用しようとした伊藤に食い込まれて、遂には伊藤と〝心中〟せざるをえなくなる。

私は、磯田がまだ勢いがあった時に、『プレジデント』という雑誌で磯田にインタビューしたが、そこで磯田は徹底して河村をかばった。

「河村が何をしたというんですか。いろんなことは言われますよ。でも、全然心配してません。商社ですから、それは何かやってますよ。石油の業転をめぐる裁判や、(居酒屋チェーンの)つぼ八をめぐるトラブルのことも聞いてますが、商社は銀行と違って、何千、何万という取引がある。そんなことを言っていたら商社の経営はできません」

河村は一九九一年にイトマンの社長を解任されたが、その後のインタビューで事件の中核となった絵画疑惑に、磯田の娘がからんでいることを明らかにした。河村解任に住友銀行が動いていたことを知った河村の〝怒り〟が、こうした発言を呼んだにせよ、自ら「人事の名人」と広言していた磯田が〝飼い犬〟に手をかまれたわけである。

先年、西川善文の『ザ・ラスト・バンカー――西川善文回顧録』(講談社)がベストセラーになったが、西川は磯田体制下の現場の行動隊長ともいうべき存在で、イトマン事件と無関係とは言えない。そんな西川がもてはやされることに私は違和感を禁じ得ない。

9　使途不明金の明細書
『小説談合』清岡久司 著

一九九三年一二月一六日、元首相の田中角栄が亡くなった。求められて私は、翌日付の『毎日新聞』に次のようなコメントを寄せた。

〈ある政治家が「田中角栄は上野駅で最初に電車に乗り込み、座席をバーッと取って、自分が確保した席を身内に譲る人」と表現した。まさにそんな感じで、日本人のシンボル的な存在だ。「身近な人を大事にして何が悪い」という、ルール無視の「田中的なるもの」を日本人は克服できていない。「田中的なるもの」を克服しなければ、日本の国際化や政治の将来は暗い。田中元首相は才能のある人物だが、あの人をトップリーダーにしてしまったことが日本人にとって不幸だった。ブルドーザーはエンジンの役割を果たせばよかった。〉

田中は日本を「田中建設」もしくは「田中組」にしたのである。身内を優先させてルールを無視し、ゼネコンの支配する土建国家にしてしまった。

談合の仕切り役をしていた飛島建設の植良某が、田中の後継者の金丸信に、談合を事前協議として独占禁止法の対象からはずすよう働きかけたということが、身内優先のルールを象徴している。

この小説の作者は、実際にゼネコンの常務として談合に携わってきた。それだけに、そのナマナマしさは、読者を呆然とさせる迫力に満ちている。

その後「足を洗って」建設コンサルタントをしていたが、使途不明金の三倍もある裏金が問題なのだ、と語っていた。底知れぬ闇と言うべきだろう。

作中で清岡が書いているように、大体、使途不明金は使途が「不明」なのではない。使途ははっきりしているが、「言えない」カネなのである。だから、「使途不言明金」と言った方がはっきりする。

それは「仕事をまわしてくれる政治家や役人」に届ける〈黒いカネ〉であり、彼らを高級料亭やゴージャスなクラブで接待するカネである。

たまに正義感に燃えた若手の国税担当官が、「メモ程度でけっこうですから、この使途不明金の行く先を教えていただけませんか」と迫っても、「いやぁ、税金はいくらかけていただいてもよろしいですよ」と軽く受け流されるとか。

これらのカネが濁流となってどのように流れるのか。それを清岡は、とても素人とは思えない巧みさで描いている。談合マンや新聞記者が舞台廻しをし、〝謎の女〟が色を添える。

ある日、白鳳建設のビルの玄関に、右手にプラカードを持ち、赤ん坊を胸に抱えた若い女が立った。プラカードには、「この子は太田専務の子供です」と書かれている。

この女は銀座のクラブのホステスだとあるが、これは実際に清水建設の本社前で起こったことだった。同社の御曹子が同じような事件を惹き起こし、マスコミの餌食となったのである。

皮肉にも、この御曹子はそれで枢要なポストからはずれたために、直後のゼネコン汚職では逮捕されなかった。会長の吉野照蔵以下、何人かが獄につながれたのに、彼は罪を免れたのである。

とは言っても、鹿島など同族企業の多い建設会社は、創業者一族は助けるという傾向がある。吉野をはじめ、サラリーマン社長や会長は捕まっても、一族の御曹子たちは無傷ということが多いのである。

ゼネコン汚職でも、茨城県の課長が自殺し、清水建設の部長が自殺を図って未遂となった。つまり、一族の者より、あるいはサラリーマン経営者より、ミドルが過大に責任を感じる。これは建設会社に限ったことではないが、同族企業が多く、前近代的体質が強い建設会社では、それがいっそう顕著に表れる。

同じような体質の政治家や役人を巻き込んで、そのドロドロはさらに濃く、腐臭を放つほどダーティになる。

第八章の「囲い込み」にこんな記述がある。

「日本の建設業界でいう〈談合〉とは、もっぱら業者間の策謀を普通にはいうが、しかし実際に決定的な話し合いが進められるのは、この夜の二人のような政治家同士の密謀の場合である。

『小説談合』

たとえ公共工事の発注の時期が迫り、担当官庁の役人たちがすべて準備を終えたとしても、政治家たちの戦いが決着しないかぎり、その工事の入札の手続きはずるずると見送られるのが常である。いやそれは戦いというよりも、かれら政治家同士の陰湿な取引だといってよい。そしてその取引の結果によって、本命の建設業者が決定し、役所もそれを待ちかねたかのように工事手続きをスタートさせる。いうなれば細かく舞台転換の指示が書き込まれた台本であり、型どおりの芝居の上演であった」

ここに『毎日新聞』に連載されてまとめられた『政治腐敗を撃つ』という「不信の明細書」がある。それによると、大手ゼネコンの元役員はこう言い切ったという。

「うちの業界はカネと票を持っている。政治家は公共事業を配分する力がある。業界の繁栄と政治家への便宜提供はコインの裏と表。金丸さんが失脚しても『土建屋政治』の構造は何ら変わらない。」

私は自民党が分裂して新生党が誕生した時、それを山口組の分裂にたとえた。どちらが一和会かは知らないが、共にヤクザをやめたわけではない。同じように自民党も新生党もゼネコンぐるみ選挙の構造を変えてはいない。

どう変えるか。それにはコンサルタント会社や役人がどうからむかも微細に描いたこの小説を読むことから始めるしかないだろう。

10　汚職事件の曼荼羅図

『金環蝕』石川達三 著

ロッキード事件を担当した東京地検特捜検事の堀田力が小説を書いた。ゼネコン汚職のディテールを描いた『否認――どうして言わないの』（読売新聞社）である。

京阪地区の自治体の土木工事を手がけて大きくなった大阪の佐藤工業の創業者、佐藤将八郎は、滋賀県の開発部長、小野田敏夫への贈賄が発覚して、営業部長の高野万治と環境機械課長の相茶太郎が逮捕されると、弁護士にこう言う。

「相茶が会社のことをペラペラしゃべったからや。それで高野もつかまった。小野田部長もつかまった。小野田個人がつかまることは何でもない。けどそのために、滋賀県だけやなしに、あちこちの自治体から佐藤工業がしめ出される。ここ二、三年は注文がとれん。これはえらいことや。大損害や」

そして、さらに、「それを思うと、相茶をクビにしたくらいじゃおさまらん。弁償させてやりたいくらいや」とまで言うのだが、おそらくこれが、清水建設、大成建設、鹿島等、幹部の逮捕が続いたことのある大手ゼネコンのトップのホンネだろう。

建設会社がからむ大がかりな汚職を描いた古典的作品がこの『金環蝕』である。

『金環蝕』

一九六四年の自民党総裁選挙で池田勇人は三選をめざす。腹心の官房長官、黒金泰美は、電源開発の九頭竜ダム建設にからんで、工事を請け負うことになる鹿島に働きかけ、五億円の選挙資金を得ようとした。

鹿島に確実に落札させるために考え出されたのがローア・リミットだった。この小説では、鹿島がモデルの竹田建設が「業者の不当に低い金額による受注の結果、契約の内容に適合した工事が為されないことを防止する目的で、制限価額ローア・リミットを設け、これを下回る見積りは、技術審査に合格したものであっても、無条件で失格とする」という取り決めによって、最も高い見積り額なのに受注に成功する。さすがに国会でも問題となり、政界のマッチポンプ男と綽名された田中彰治(小説では神谷直吉)によって、ある思惑をこめた追及が行なわれる。それでも、次のような驚くべき事実が明らかになった。

資本金の九割以上を国が出している電源開発の建設を業者に請け負わせるに際して公正を期すため、入札が行なわれた。結果は、安い方から大岡建設の三八億九二〇〇万、高田建設の三九億五一〇〇万、深川組の三九億六六〇〇万、青山組の四〇億八八〇〇万、そして竹田建設の四五億二七〇〇万。

竹田以外の四社は接近しており、その差は二億に満たない。ところが、竹田と次の青山組(モデルは間組)の差は四億三九〇〇万、竹田と大岡に至っては六億三五〇〇万もの開きがある。

青山が竹田に接近しているのは、青山も別のルートの政界工作を行ない、それなりの献金を行なおうとしていたからである。ともあれ、ローア・リミットのからくりによって五億円を上乗せした竹田こと鹿島に落札された。この事件では池田の秘書官や業界紙のボスも不審な死を遂げている。

京マチ子や仲代達矢、そして宇野重吉らの出演で映画化もされたこの作品のモデル絵解きに絶好の資料が、ダムの建設でその底に沈むことになる日本産銅の元社長、緒方克行が書いた『権力の陰謀――九頭竜事件をめぐる黒い霧』(現代史出版会)である。

「これは、電発だけでなくすべての公共機械の持つ欠点である。強いものに弱く、弱いものに強いという態度だ。上官は部下の行為に対して責任をとらなければならないはずだ。ところが、役人どもは部下に責任をかぶせて自分は逃げる。これこそ役人根性の最たるものだ。権力の地位にあるものは、弱いものにこそ情を与えるべきではないか。この件も、部下が最初に協力を要請した事実について、総裁も副総裁も責任をとるべきだ」

日本産銅の補償問題で、こう「正論」を吐いているのは、何とロッキード事件で右翼の黒幕どころかロッキードの代理人だったことが暴露された児玉誉士夫である。しかし、国策会社の電発などが逃げまわるのに業を煮やして児玉のところに助けを求めた緒方は、児玉に感謝こそすれ、非難などしていない。

この児玉と読売新聞の元社長、渡邉恒雄がどんなに深いつながりを持っていたか。児玉の圧力で絶版になった『権力の陰謀』には、こう書かれている。電発の横暴さにどうしようもなくなって児玉を訪ねた緒方に、この〝黒幕の大物〟は、「中曽根(康弘)さんを中心として、読売政治部の渡邉恒雄君、同じ経済部の氏家齋一郎君に働いてもらいます」と言ったというのである。

そして緒方が問題解決の運動費として一〇〇〇万円を児玉邸に届けた時、この二人の記者も呼ばれて来ていて、「渡邉記者は中曽根を補佐して政治工作に当たり、氏家記者は経済記者として十数年来の親しい仲にある大堀電発副総裁との交渉に当たることになった」という。渡邉は、中曽根の消極的な態度を非難しながら緒方を元気づけ、動きまわってくれた、とも緒方は書いている。「彼は敏腕の売れっ子政治記者で多忙な身だった。交渉の経過を聞くために私が渡邉宅へ電話を入れるのは深夜になる。それでも彼は迷惑がらずに応対し、同僚の氏家記者と連絡を取り合って話を具体的に煮つめていってくれた」というのだが、これは政治ブローカーの仕事ではあっても、記者の仕事ではないだろう。ちなみに氏家記者とは、のちに日本テレビの社長になった氏家齋一郎である。

小説で若松として出てくる大堀弘は、正当な補償に応じない電発を訴えた緒方に対し、「鉱山側の言うことが事実なら私は銀座を逆立ちして歩いてもいいよ」などと言った。元通産省公益事業局長らしいはぐらかしである。

11 インドネシア賠償需要の闇

『生贄』梶山季之著

梶山は、さまざまなモデル小説を書いている。たとえば、西武グループの創始者、堤康次郎をモデルにした『悪人志願』上・下（角川文庫）、政商の小佐野賢治らしき人が重要人物として登場する『小説GHQ』（集英社文庫）、そして、〝遠い国の話〟として書いているが、イケルヴィッチやシロカネスキーなど、明らかに池田勇人や黒金泰美がモデルだとわかる『大統領の殺し屋』（光文社文庫）など。

特に、『大統領の殺し屋』では、「この作品は、すべて架空の物語です。しかし、もし事実の部分があるとしたら、筆者がなんらかの形で報復されることでしょう」という皮肉な、ある意味では挑戦的な「あとがき」をつけたが、発表した時点ではあまりに危険であるために「遠い国の話」とせざるをえなかった。

これは、池田勇人の自民党総裁三選にからんで起こった汚職事件をテーマにしており、実際に首相秘書官や業界紙の社長が不審死をとげたり、殺されたりしている。

一九五八年一月、日本はインドネシアと戦争についての賠償協定を結び、消費財と生産財の供与、さらにはそれを運ぶ船の調達にまで及ぶ〝賠償需要〟が発生した。その利権に食いついたのが、怪商ともいわれた木下茂である。木下は、当時の首相、岸信介と、インドネシアの大

『生贄』

統領スカルノが会食した赤坂の料亭の席に一緒にいて、岸をクン呼ばわりするような人間だった。

現地に着く前に沈んでしまうボロ船を木下は売りつけて巨利を博したともいわれるが、それが岸に還元されていないはずがない。また、ミスター・ジャイアンツの長嶋茂雄の後援者として話題になったこともある久保正雄も、この事件では暗躍した。

久保と同じく重要な脇役の一人に、現在のデビ・スカルノ(当時は根本七保子)がいる。彼女をヒロインにした『生贄』は、森下商店こと木下産商(社長が木下茂)からアルネシア(インドネシア)のエルランガ(スカルノ)大統領に贈られた〝生きたワイロ〟の「笹倉佐保子」、つまり、のちのデビ夫人から名誉毀損で訴えられた。

『週刊アサヒ芸能』の一九六六年の五月二九日号から翌年の一月二三日号までの連載中は何事もなく、一九六七年の三月に単行本となって発売されるとまもなく、仮処分が申請され、『生贄』は裁判所執行官の占有に移された。

梶山は「あとがき」に「モデル小説だとか、暴露小説だとかいう世間の声に、中途で挫折する恰好となった」と書いている。いわば、「世間の声の生贄となった」というのである。結局、裁判は、以後絶版にすることを条件に示談となった。現在は古本でも容易に手に入らない。

梶山のデビュー作『黒の試走車』(角川文庫)は一九六二年に光文社から刊行された。編集者が梶山を見込んで、勃興しつつあった自動車産業を舞台に産業スパイ小説を書かせたのである。

『新刊ニュース』の同年五月号で梶山は城山三郎と対談し、城山に、「実際に企業間のスパイ的な行為はそんなに激しいんですかね」と問われ、「たとえば、N社で新車を造ったときのことですが、非常に手口がうまくて発売日まで外部にはもらさなかったんです。競争相手のT社は、N社ですごい車をつくっているという情報をもとに八方手をつくしたあげく、N社系の興信所から、その新車の第一号を(発売前に)手に入れて、即日解体して調べたということもありましたよ」と答えている。その興信所の人が笑って梶山に話してくれたという。

この場合、N社が日産で、T社がトヨタであることは容易にわかるだろう。

企業小説の「古典的作品」である『黒の試走車』は、タイガー自動車が社運を賭けて開発した新車が、陰謀によって特急列車と衝突させられ、炎上するところから始まる。

「性能に疑問、走る凶器か?」と業界紙などがうるさく騒ぐ中で、この事故を調査中だった企画一課長が謎の転落死をとげ、主人公の朝比奈がその跡を継ぐ。

そして常務から、「君にスパイをやってもらいたいんだ」と言われるのである。

最初はためらっていた朝比奈も、ライバル会社の紙クズ盗みから、出入りの印刷所の買収、専務秘書の誘惑、盗聴、密告、業界紙の煽動と利用といった激しいスパイ合戦に巻き込まれ、最後は、ライバル会社の会議を道路を隔てた向かいのビルから撮影し、読唇術を心得た聾唖学校の教師に解読させるまでに至る。

この後、各社の技術が平準化して、情報戦争の焦点は新型車の装備や性能から、その販売戦略などへ移っていったといわれるが、この小説について、「書いてあることはほとんど事実ですか」と問われた梶山は笑って答えず、後で、「事実はこれ以上ですよ」と言ったという。

梶山のノンフィクションの力量を買い、小説には手を出さない方がいいと言った評論家の青地晨に梶山は「ノンフィクションで政財界のスキャンダルを書いても、証拠がないと、いま一歩のところで突っ込めなくなる。フィクションなら密室内の状況が自由に書ける」と反論したらしい。

残念ながら梶山は一九七五年に香港で客死した。まだ四五歳だった。

12　新興財閥と軍部の利権

『戦争と人間』五味川純平 著

「五味川純平氏の『人間の條件』の熱い読者であったことが、私に氏との出会いをもたらした。さらには長篇『戦争と人間』の助手としての生活から、物書きとしての私は生まれた」

澤地久枝は私との共著『世代を超えて語り継ぎたい戦争文学』（岩波現代文庫）の「はじめに」にこう記している。

三一書房刊の『戦争と人間』は一九八二年に第一八巻を出して完結したが、一八年の歳月を費やしたこの大労作を「経済小説」として取り上げたいと言った私に、五味川は何の異論もはさまず、「戦争は経済だからね」とズバリと言った。完結してまもなくの頃である。

戦争の基礎には経済問題がバンとしてあるというのだった。

一九七八年の夏に喉頭ガンの宣告を受け、手術して喉頭を摘出した五味川は、一時まったく声を失った。退院した五味川はそれから必死の思いで食道発声に取り組む。食道に空気を入れて腹筋の圧力で押し出し、食道粘膜を振動させて声を出す。これによって「声」を獲得するまでには、自殺したくなるような辛い努力が必要だった。

その、本当に絞り出すような声で五味川は、「戦争は経済だからね」と言ったのである。

私としては、「満洲」という、いわばカントリー・リスクのある所に、まず、軍部と結託した新興財閥が進出し、その後、時局に乗って三井、三菱等の大財閥が進出していくさまを描いた『戦争と人間』は経済小説そのものではないかという思いがあった。

この作品を書くに当たって、五味川は二百人余の実在人物のリストをつくり、たとえば一九二八(昭和三)年の時点では日本内地の政党の力関係はどうであったか、陸軍と海軍はどんな編制と計画をもっていたか、財界は何を考えていたか、政府はどんな分子で構成されていたか、また、中国大陸での主要な動きは何であったか、等は、最小限度、明確にして、その上にフィクションを組み立てた。

満洲生まれの満洲育ちで、一九四五年八月一三日、東部ソ満国境でほぼ全滅した歩兵二七三連隊の生き残りである五味川は、「天皇を架空の頂点とする軍隊という独善的な、ある種の男は死なずに済むように出来ている巨大な組織」について、終生を賭けてでも書き残しておきたい、と思って『人間の条件』を書いた。

そして、日本中を感動の渦に巻き込んだのだが、しかし、「戦争と人間の、多様な、重層的な、錯綜した、いのちがけの、しかも時にはきわめて無意味な諸関係」は書きえたかという疑問が残った。その思いが凝結して、『戦争と人間』が書かれる。

一九四〇年に東京外語の英文科を出て満洲に帰り、昭和製鋼所に入った五味川は、生産計画の基礎資料調査をやらされる。

当時は鉄や石炭をはじめ、すべての戦略物資が極度に不足していたが、関東軍は、もっと出せ、もっと出せ、と督促してくる。「溶鉱炉は算術どおりにしか動かない」のに、精神力で出せ、と言ってくるのである。この作品で、作者の分身ともいうべき伍代俊介が指摘しているように、「軍人は数字を精神で膨らませる」のだった。

軍部に協力して事業の発展を図ろうとする兄の英介（新興伍代財閥の二世）に対して、その俊介は、「昭和十五年度の戦略重要物資の日米生産高比較は、石油が一対五一三、銑鉄一対約一二、鋼塊一対約九、アルミニウム一対七、その他石炭、亜鉛、水銀、燐鉱石、鉛など、どれも比較を絶している。これらの算術平均値をとると、日本とアメリカは、一対七四・二になる。ソ連との比較だって、詳しいデータはないが、これに近い」と教えるのだが、英介は聞く耳を持たず、「資料なんぞ、扱いようでどうにでもなる」とうそぶくのである。

この作品に、伍代財閥の当主、由介が女婿に次のように問いかける場面がある。

「満洲開発五ヵ年計画案とやらいう奴ね。情報によると、軍も満洲政府も綜合開発会社案に一致して、日産の鮎川氏に一任することに肚を決めているらしい。正式発表までには相当トラブルも生ずるだろうが、軍も対満事務局も結局この案を押し通すだろうと私は見ているのだがね。鮎川さんは才物だからユニークな考案があるだろうし、鮎川一任ときまれば、三井や三菱は甚だ面白くなかろうが、私なんかは賛成も反対もない。現実を現実として受け取るまでなんだが、どうだろうね、鮎川方式の持株会社を頂点とするピラミッド型の綜合開発で開発が実際に進捗するものかどうかだが……」

山本薩夫監督の映画で、この伍代由介には滝沢修が扮した。それを見て五味川は自分のつくりあげたイメージが攪乱され、しばらく続きを書けなくなった。

「映像は強烈です。生の人間が、姿と動きと声と顔をもって出てくるわけで、おれの持っていたイメージはあれだったかな、と迷いみたいなものが出て、しばらくの間、まったく書けなかった」と五味川は苦笑した。

名優滝沢は、たまにメガネをちょっとさわるぐらいで、ほとんど動かず、胸から上だけの芝居で、風格ある資本家を演じた。

「何十行書いても、悲しいことに一人の実在の人物には及ばない」と思ったら、五味川は書くのがイヤになった。

その五味川が、映画の〝実〟に小説の〝虚〟で対抗する道は、「映画ではとてもしゃべりきれないくらい複雑で含蓄のあるセリフを書く」ことだった。

II　増大する資本と欲望

13　外資系投資銀行の内幕

『小説ヘッジファンド』幸田真音著

幸田は「非常に消極的な理由」で銀行に入った。女性の就職が大変だった当時、英語を使う仕事がしたいと思っていた彼女を、米国系商業銀行が採用してくれたのである。

その後結婚して上京し、米国系の投資銀行へ転職してディーリング・ルームに配属される。「ファンディング(資金繰り)担当から債券トレーダーになり、その後同じ米銀の証券子会社に移籍して、日本の大手金融法人を担当する外国債券のセールスになりました」

あえてそのまま引用したが、チンプンカンプンの読者も少なくないだろう。彼女の口から、ポンポン横文字がとびだすのは気取りからではない。実際にそれを日常的に話す仕事をしていたのである。真音《まいん》というペンネームも、“Mine”(買った!)というテクニカル・タームに由来する。反対は“Yours”(売った!)である。

現実にそうした場面に出くわしたのかもしれないが、一九九五年に刊行されたこの作品には、「えっ」と驚くようなシーンも出てくる。ヒロインが電話で、アメリカの経済状態はどうの、金利動向はどうのと、必死で顧客のファンド・マネージャーと話している時、突然、「ところで、君の今日の下着は何色かな?」と聞かれるのである。

そのころは、セクハラという言葉さえなかった。

「ここが職場でなかったら、そして電話の相手がもし自分の担当客でなかったなら、こんな男と二度と口をきかずにすんだのに。そう思うと、悔しくてならなかった」

彼女の胸中描写がこう続く。

もちろん、誘惑や踏み込みは電話だけにとどまらない。情報を得たいと接待をすれば、勘違いされた相手に、手を握られて、「今夜は帰りたくないな」と言われたりもする。

「いい加減にしてよって、思いっきり向う脛でも蹴っ飛ばして、席を立つことができたら、どんなにいい気持ちだったかしらね。でも、悲しいけど、そうやって失ってしまうにはあまりに惜しいぐらい、彼は大口の客だったの」

ヒロインは親しい男にこう打ち明ける。

極めてテンポのいい場面転換と会話に、大人の恋の色模様も添えながら、この小説は進行する。そして読者は作品を堪能しているうちに、ヘッジファンドやデリバティブとはどういうものかがわかるのである。リスクを回避する策がヘッジ、回避法だ。

彼女とディーラーがこんな会話をかわす場面もある。

「ついでに人生というヤツにも、ヘッジができるといいのかもしれない」

「同感ね」

「だけど、これで、俺もやっとあんたに恩返しができたよ」

「恩返し？」

「昔、こっぴどく損を出して、この世界からお払い箱になった俺を、あんたが拾ってくれたんじゃないか」

「拾うなんて」

「いや。大損を出して、何もかも嫌になって銀行を辞めたとたん、それまでちやほやしていた連中が、みんなそっぽを向いちまった。手のひらを返すっていうのは、まさしくああいうことだと思ったよ。だれも俺のことなんか見向きもしなかった」

私が幸田と初めて会ったのは、一九九六年の初夏、高杉良が設けた席でだった。やはり経済小説を書く江波戸哲夫が一緒だった。

「日本にも、ついに経済小説を書く女性が現われたか」と高杉はいささかならぬ感慨をこめて言った。私も経済小説の応援団として評論を書くことから出発したから、よくわかるのだが、この国においてこれまで経済小説が正当に評価されてきたとは言い難い。経済、特に数字が苦手な文学青年たちが作家や編集者になったために、評価以前に彼らはそれを読み通すことさえ難しかった。だから、キワモノ扱いされてきたのである。

城山三郎や清水一行が、そうした白眼視に耐えてこの分野を開き、高杉良を先頭とする後輩作家たちがそれを発展させてきた。その分野に女性が登場したことに、高杉は喜びと、そして、「遥けくも来つるものかな」という想いを去来させたに違いない。

経済にうとい作家や文芸評論家、あるいは編集者が経済小説を無視しようとしても、読者はそれを求めてきた。たとえば、幸田のもとに次のような「生の声」が寄せられている。

「私の職業は外科医ですが、以前より経済小説といわれるものが好きで、いろいろ読んでいます」と始まったそれは「私が経済小説を好んで読むのは、自分の世界以外でもみんな厳しい状況で日夜戦って生きていることを自らに知らしめ、「辛いのは自分だけではないのだ」と自分を叱咤激励することができるからです。またその付属として、現実の経済や政治の世界で起こっているできごとを理解し、その内幕も知ることができます」と続いている。

ある作品で「男をやめ、ついでにサラリーマンもやめた」アタシがこんなことも言う。

「日本っていうヤツは、本当に化け物よ。脳みそにあたる部分は、幼稚なエリートとか官僚とか、政治家っていう名札をつけた選挙屋とかの腐った細胞でできてるの。内側に向かってはふんぞりかえって、外側に向かってはおどおどして、身体だけは栄養が行き届いて脂肪ばっかりだけど、成長の遅れた化け物。ものすごい偏食で、たったひとつの価値観だけを食べて生きている。いろいろな価値観を受け入れられるほど、まだ大人になっていないのよ。ちょっとでも違った価値観のものを口に入れると、すぐにぺって吐き出してしまうの」

14 イケニエを決めたのは誰か

『ハゲタカ』真山 仁著

私も選考委員の一人だったダイヤモンド経済小説大賞の受賞者である真山には、その後も注目してきた。映画化もされたこの作品で、真山は大化けしたと言えるだろう。

この作品については、出た当時、『週刊現代』に頼まれて、次のような書評を書いた。

〈題名がそのものズバリのこの小説は、失踪中だった会社社長が、大蔵省(現財務省)本館のロビーで、「おのれ！　大蔵省！」と叫びながら割腹自殺をする場面から始まる。羽織袴で「上」と墨書した奉書を掲げていたが、遺書はなかったとされてしまう。

ハゲタカは累々たる死骸があるところで躍動する。銀行という無責任極まりない〝お役所企業〟を、バブル下でさらに無責任にし、イケニエをつくったのは大蔵省だと、その自殺者は見抜いていた。

この小説は、ハゲタカが、なぜ日本で活躍できるのかを、さまざまな事件を素材にしながら、ダイナミックに描いている。もちろん、腐臭プンプンたる銀行の中でももがく者もいるのであり、ポイントは次の会話に要約されるだろう。

主人公とも言うべき三葉銀行マンの芝野は常務の飯島から、愛行精神にも種類があると言われる。そして、こう問いかけられる。

「もし、三葉がまた法に触れるような大不正をせんかぎり、将来性がないという状況に陥ったとしよう。その時、お前は、率先してその罪を犯して銀行を救えるか？」

「えっ！……」と言ったたまま答えられない芝野に、飯島は、「お前の答はこうやろ。今を乗り越えるという意味で、不正に目をつぶり自分が捨て石になろうとするのが、愛行精神のように見えるかもしれない。しかし、長い将来を見通せば、それはけっして三葉のためにならない。ならば、勇気を持って不正を糺《ただ》す」と畳みかける。図星だった。

「今の三葉に、正しいことはいらん。とにかく明日が迎えられるために、なりふり構わんという姿勢だけや。そういう意味で、お前は正し過ぎるから危険なんや」〉

以下略とするが、『ハゲタカ』の続編のような『レッドゾーン』(講談社文庫)について、真山はジャーナリストの池上彰と対談している。『新刊展望』の二〇〇九年六月号でである。

「今回は『ハゲタカ』シリーズ三作目として中国の国家ファンドを題材にされたわけですね。『ハゲタカ』で描かれた世界は、あれを書かれた当時まさに起こり得ることだったたし、今回『レッドゾーン』を読んでも、これからは確かに政府系ファンドが出てくるだろうと。今ここにある、そしてこれから起こるであろう現実が切り取られているという感じを受けました」

池上にこう賞讃されて、真山は、「ありがとうございます。光栄です。私は池上さんの『14

歳からの世界金融危機。』を拝読して、この世界をよくこれだけコンパクトにわかりやすく収められたものだと思いました。こんな長いものしか書けない自分は、まだまだ修業が足りないなと」と謙遜している。

映画化の際は、真山は、テーマさえ変えなければ、あとはお好きにと脚本家や監督にゆだねた。結果は「同じ時代の物語ですが、小説でも光が当たっていなかったことにドラマで光が当てられている。だから、ドラマから入られた方も小説から入られた方も両方が全然違和感なく楽しめたと思う」と真山は語っている。

最近、真山はノンフィクションで大著『ロッキード』（文藝春秋）を書いたが、私はその書評を『東京新聞』に寄せた。

〈ウォーターゲート事件で失脚したリチャード・ニクソンの強力なスポンサーがロッキード社だった。このアメリカ大統領が辞任しなければ、ロッキード事件は起きなかった可能性が高い、と著者は指摘する。そして、中央情報局（CIA）とロッキード社の相乗りでアメリカ政府の秘密の外交目的を達成するため、代理人で右翼の児玉誉士夫が使われた。児玉と言えば関係が深いのは中曽根康弘だが、中曽根は若い頃からニクソンの補佐官、ヘンリー・キッシンジャーに師事していた。

こう並べると、ロッキード事件は違った姿を見せてくる。「田中角栄の事件」ではなく「中曽根康弘の事件」となってくるのである。当時のアメリカの公文書が明らかになり、自民党幹事長だった中曽根がアメリカ政府に「もみ消す(MOMIKESU)ことを希望する」と要請したことも暴露された。著者は当時の関係者で現存する人を訪ね歩いているが、では、中曽根は何をもみ消したかったのか?

疑惑の本筋は旅客機ではなく軍用機だった。最初は売らないと言っていた対潜哨戒機P-3Cをアメリカは一転して売り込もうとする。その手先となったのが中曽根であり児玉だった。P-3Cは一機約百億円。百機導入したので一兆円のビジネスとなったが、全日空が買ったロ社のトライスターは二十一機で約千五十億円である。児玉がロッキードから受け取った二十一億円はP-3Cの手数料だった。

なぜ、中曽根ではなく田中がねらわれたのか。それを著者は関係者の証言に自らの推理をまじえて展開していく。

評者はここに出てくる作家の本所次郎に紹介されて全日空会長の若狭得治と会った。著者も若狭と本所に好印象を持っているようだが、共に謀略をめぐらすことのできる人物ではない。検察の描いた筋書きを若狭をはじめとした全日空および田中角栄らは押しつけられた。すべては「バイ　アメリカン(アメリカのものを買え)」に始まるという著者の事件の見取図は説得力がある。〉

15 大口融資規制の暗闘

『頭取敗れたり』笹子勝哉著

残念ながら早逝した笹子の企業小説にはコクがあった。それは企業を経済のサイクルだけでは描かず、政治とのからみの中で描くところから出てきた。

一九八〇年に出てベストセラーとなったこの作品も、三井銀行をモデルにしたらしい五井銀行と、三和銀行を連想させる東和銀行の合併話をタテ軸に、元首相の田上栄三と現首相・大原正紀という〝盟友〟同士の角逐をヨコ軸にしてコクを出している。

田中角栄を思わせる田上と、大平正芳らしい大原が、表面的には仲のよさを保ちながら、水面下では激しい暗闘を繰り広げるという展開は、政治の世界のナマナマしさを感得させて、一気に読者を引き込まずにはおかない。

思惑と思惑がぶつかり合い、せめぎ合うさまを、笹子はダイナミックに描いていく。

主人公と言っていい人物は、五井銀行頭取の大山剛造。このモデルは三井銀行元会長の小山五郎とみて間違いないが、読者は、この他、三和銀行元会長の渡辺忠雄、三井物産元社長の池田芳蔵、そして日本興業銀行元会長の中山素平らがどんな形で登場しているか、そのモデルさがしをする楽しみもある。もちろん、笹子は、これは「架空の物語」であると断っている。

しかし、「ジャーナリズムの基本的な使命は告発にある」と語った笹子が、単なるフィクションを書くはずがない。

一九七四年一二月に、大企業に対する偏った融資を是正しようと、大蔵省から各金融機関に銀行局長通達という形で大口融資規制が出されたのも事実だし、イランの石油化学コンビナート建設プロジェクトで「五井物産」が窮地に立ったのも事実である。

大口融資規制は、都市銀行の場合、自己資本の二〇%以内、長期金融機関の場合は四〇%を限度に、特定の企業に貸し出しをしてはならないというものだった。

また、イラン石油化学プロジェクト、俗にいうＩＪＰＣは石油ショックにイラン革命が重なって、推進役の五井物産は企業の存続が危ぶまれるところまで追い込まれた。

そして、伝統はありながら都市銀行八位の五井銀行は、大口融資規制をクリアするために五井物産から資金返済をしてもらうと、五井物産に対する融資順位が五位になってしまうのだった。

それでは「五井銀行の歴史と伝統」を汚し、五井グループの結束にも影響が出てくる。

そうした窮状を知って、田上と大原がそれぞれ欲望の青写真を描いた。

もちろん、政治家だけが思惑のソロバンをはじいているわけではない。企業側も、どこから、たとえば大原に食い込むか、それぞれ秘策を練る。

大山の秘書の立花も、企画室の主任調査役に頼んで、「大原総理の台所具合」を調べさせた。

アタックの前段階である。

その調査役は、新聞社の政治記者、政治評論家、院内誌社長、民間調査機関の情報部員、与野党の政治家秘書、料亭の仲居等々に直接会い、大原が与党の総裁になる時に、田上から約三〇億円の資金援助を受けたことを知った。

「この資金を返済しないかぎり、大原は田上と手を切れない」

それで大原は五井グループに目をつけ、イラン石油化学プロジェクトを国家的プロジェクトとして位置づけて二〇〇億円を政府出資する見返りに、五井グループから三〇億円のリベートを取ろうと計画する。これについては、「笹子君はちょっと話を小さくしすぎている。実際は百億単位のカネを大平は取っているよ」と読後感を述べる経済記者もいた。

それはともかく、早く〝田上離れ〟をして、ダーティなイメージを振り払おうと企図する大原が考えたのが、五井銀行と東和銀行の合併だった。

別名、「田上銀行」と呼ばれる東和は、田上のフンケイの友、「長田賢三」の経営する国際バスに特別な融資をしてきている。

大原は、五井銀行より上位の東和銀行と田上に揺さぶりをかけるため、定例検査以外の検査を大蔵省にさせた。これは、大蔵省が「問題あり」と認めた銀行に対して、たとえば貸金のみについて検査する部門検査で、臨時に検査官が派遣されてくる。

『頭取敗れたり』

東和の国際バスへの融資は、これまで田上の力によってそれほど追及されなかったのだが、検査官はズバリとそこにメスを入れた。

「俺の弱味を握ろうというんだな。そんなことはさせない」

こう力んでいた田上と大原の関係はどうなるか……。

ところで法政大学で学生運動をやっていた笹子は卒業しても就職口がなく、板前修業を始めた。そこから転身して大宅（壮一）マスコミ塾に学び、ジャーナリストになった。父親は銀行の組合の書記長をしていて、レッドパージされている。

この小説で、大山の秘書の立花に、合併について打診された組合の委員長の古賀は、次のように語る。

「この席は非公式ということにして言わせてもらえれば、僕個人としては合併には反対だ。おそらく組合員のすべてがそう思うだろう。理由は、決して当行の将来のためにはならないからだ。東和といえば都銀第五位の銀行、ウチは第八位だ。いくら五井グループの中核とは言っても、昔とはちがう。はたして大山頭取が考えているように優位に立てるかどうか疑わしいものだよ。それによって、必ずや合理化が進行するだろう」

読者は、その後、三井銀行が三和銀行より上位の住友銀行と合併し、三井住友銀行が誕生したことを知っている。三井と三和の合併は成功しなかったのである。

16 「物価の番人」の挫折

『小説日本銀行』城山三郎著

城山の何を代表作とするかは迷うところだが、逸することのできない作品は何かと問われれば私はためらうことなく『小説日本銀行』を挙げる。

『エコノミスト』に連載されたこの作品は、日銀からの圧力によって同誌編集長が左遷されるという事態まで起きた。

「原稿では二倍の分量を書いていています。取材中、連載中の有形無形の圧力にも参りました」と城山は私に告白した。

〝老人のワッペン〟とも言うべき勲章を拒否した政財界人がいた。「表紙だけが替わっても」と名セリフを吐いて首相の座を蹴った元外相の伊東正義や、「人間に等級をつける勲章は好まない」として勲一等を辞退した元日銀総裁の前川春雄である。

同じ日銀総裁でも現総裁の黒田東彦は逆に喜んでそれを受けるだろう。「物価の番人」として政府から独立して金融の中立性を確保し、通貨価値の安定を図るどころか、政権の言いなりに金融緩和を続け、円の価値を下げている黒田は「政府の番犬」としか言えないからである。

かつて、ナチス政権が軍備拡張のため無限に軍需手形を発行し、その尻ぬぐいを中央銀行であるライヒス・バンクにさせたのに対して、シャハトやフォッケなど、同バンクの理事たちが職を賭してヒトラーに次のような上申書を出し、反逆者として弾圧された。

「止まることのない放漫財政政策がどの程度までドイツ経済の生産や貯蓄、さらには国民の社会的必要と両立しうるかを政府に指示する意図は、われわれには存しない。しかしながらこれ以上政府がライヒス・バンクに信用を要求するならば、通貨政策の運営によって通貨価値を保つことはできず、ただちにインフレーションが発生するであろうことを明らかにすることはわれわれの義務である」

ライヒス・バンク総裁のシャハトは、ヒトラーに死刑を宣告されてまで抵抗したのだが、黒田は表彰されこそすれ、弾圧されることはないだろう。

中央銀行の使命を理解して日銀に働く若い行員の奮闘と挫折をこの作品は描いている。

一万田尚登をモデルにしたと思われる大喜多総裁に、彼らは、通貨の膨張に激しく抵抗したシャハトを擬すのだが、大蔵省を背に負う「あの男」と呼ばれる池田勇人(当時の蔵相)によって、その願いも押しつぶされる。

「馬力もなければ気魄も」なく、「王者の風格はあっても、それは眠れる獅子、いや、できそこないの石像にしかすぎない。そうした石像からは風格さえも消えさるであろう」と城山は日銀を酷評しながら、大蔵省については、それを虎にたとえ、「暴れまわる虎には野のにおい、風のにおいがついてまわる」と対比させている。

この作品の執筆動機を城山はこう語る。

「日銀はエリート中のエリートが集まっている社会です。そういう中にあって生き甲斐というか、使命感というか、そういうものを喪ってしまった時に、エリート中のエリートはどうなるかということ……サラリーマンの極北の世界を描いてみたかった。これは〝組織と人間〟をとらえる場合の典型的なテーマですから。

それと、もう一つは経済的な問題で、日本ほど物価が無茶苦茶に上がる国はないのに、日本銀行は、一体、何をしているかという、ごく庶民的な感情がありますネ。その意味で、日本銀行で本業の、日銀本来の使命、中央銀行としての使命を貫こうとする男を設定した場合、どうなるかということですネ。そこにロマンを感じたのですが、そんな人は日銀にいない、といってやっつけられた。しかし、いたら何も書くことはない。いないからこそ書いたともいえるわけです」

日銀はこの作品の何が恐くて『エコノミスト』に圧力を加えたのか。

城山は、公害問題の原点といわれる足尾銅山鉱毒事件の田中正造を主人公にした『辛酸——田中正造と足尾鉱毒事件』(中央公論社)でも受難に遭っている。

第一部を田中の静的「死」、第二部を動的な「騒動」という構成で発表するつもりだった『辛酸』は、第一部のみが『中央公論』に発表され、第二部は掲載中止になった。

城山自身も『私の創作ノート』(読売新聞社)に書いているように、安保闘争とその後の一連の事件の中で揺れた中央公論社の内部事情と、当時、ようやく問題になってきていた公害反対闘争を勇気づけるといったことが、掲載拒否の理由だったのかもしれない。

このため、第二部は書きおろしの形で、第一部と合わせて中央公論社から刊行されたが、初版は七〇〇〇部。そして広告らしい広告もうたれず、絶版同然となった。

「ひっそりと出て、そして、そのまま身をかくすような出版であった。

それまでわたしの作品は、どれも初版一万部以上、中には三万部四万部といったものも珍しくなかった。『辛酸』はとくに心をこめて書き上げた作品だけに、掲載拒否に続くそうした刊行ぶりは、わたしにはショックであった」と城山は書いている。そして、「晩年の正造や残留民を思うとわたしの作品の不遇など、とるに足りない。わたしの『辛酸』もまた、いささか辛酸を味わうべきであると、わたしは思うことにした」と続けているのである。

しかし、部数こそ少なかったが、『辛酸』の反響は大きく、一〇年の時をおいて中央公論社版が再刊され、文庫版も潮文庫を皮切りに中公文庫、角川文庫と出された。『辛酸』も、ようやく不遇から脱して、よみがえったのである。

城山はこの作品について、「難産の本」だったから、とりわけ思い出深いと述懐している。

『小説日本銀行』と共に城山作品が弾圧されたことがあるなどと、いま、誰が思うだろうか。

17 予算編成の駆け引き

『小説大蔵省』 江波戸哲夫 著

一九九八年春、現役大蔵官僚が書いたという触れ込みの『三本の矢』上・下（早川書房）がベストセラーとなった。榊東行という筆者はもちろん匿名である。

出世を争う官僚同士が嫉妬するこんな場面がある。

「安田は村木のことを小学校時代から知っている。二人は中学受験のテスト塾——四谷大塚の頃からライヴァルとしてしのぎを削ってきたのである。

——が、あの四谷大塚でも、どちらかといえば僕のほうが優勢だったではないか。四谷大塚の後、安田は私立中、村木は国立中へと進んだが、二人の競争は予備校主催の東大模試などで続いた。もちろん、二人が東大法学部に入ってからも。

——そして、国家公務員試験で、国家公務員I種法律職試験で最終的な決着はついたはずだ。国家公務員試験で、安田は一番、村木は四番であった。二番と三番とはそれぞれ通産省と自治省に行った。その成績を見て、安田は当然自分が文書課で、村木が秘書課か主計局に配属されるものと思っていた」

しかし、村木がエリートコースの文書課に行く。

それが一番大事なことであり、気にかかるのかと、ためいきをつきたくなるが、そうした心情は知りえても、ベストセラーになるほどの小説だとは、とても思えない。内部にいるから書けるとは限らないのである。

その点、江波戸の作品の方が客観性があり、構造がわかる。

一九六九年に東大経済学部を出て三井銀行に入った江波戸は、その受け身の生活に飽き足らず、一年ほどでやめると、学陽書房に入って編集者となった。そして世に送り出した本が、柿沢こうじの『霞ヶ関三丁目の大蔵官僚はメガネをかけたドブネズミといわれる挫折感に悩む凄いエリートたちから』や田原総一朗の『クールな宰相候補――ゲームズマンとしての宮沢喜一』などである。それらが大きな〝財産〟となって、この小説に生かされている。

官僚というのは固有名詞を持たない。匿名の世界に棲んで、固有名詞では仕事をしない人たちである。そうした官僚の持つ特性とメカニズムを江波戸は描こうとした。

「主計局予算というところに表れてくるメカニズム。自民党がどう出てくるか、財界はどう動くか、アメリカのパワーはどうなっているか、そして、自民党の幹事長と内閣側の官房長官はどんなヤリトリをするのか」

大蔵官僚から転じて国会議員となった柿沢は、政治家、官僚、国民の関係を「グー・チョキ・パー」にたとえる。政治家は官僚に強く、官僚は国民に対して強い。そして国民は選挙民ということで政治家に対し強い立場にあるというわけである。

しかし、これもどんな人間が政治家であり、誰が官僚であるかによって違ってくる。田中角栄と大平正芳ではやはり違うし、鈴木善幸でももちろん違う。

この小説の主人公は大蔵省予算局防衛担当主計官の小倉勇である。予算編成時には帰宅できても午前一時か二時。帰れない場合は、みんな揶揄して「霊安室」とか「ホテルオークラ」と呼ぶカイコ棚のような二段ベッドに寝る。大蔵省内にある「仮眠室」である。

そして、地下一階にある風呂に入り、朝、電気コンロで目刺しを焼いたりして食べる。風呂なども天井が低く薄汚れたものである。

こうした生活に、官僚自身は誇りと使命感を持って堪えることはできても、家族はそうはいかないだろう。

大蔵官僚には離婚が多いといわれるが、小倉の妻の晴子も耐えられなくなっていった。ある晩帰ると、晴子は二人の子どもの夕食の世話をせず、電気もつけないで寝ている。どこか悪いんだったら医者を呼ぼうと言う小倉に晴子は答えず、そのまま嗚咽し始めた。

「あなたが悪いわけではないのですけれどね……でももうわたしはダメ。こんな生活いやです……まるでわたしたち母子家庭のようだわ」

晴子の父親もやはり大蔵官僚だった。それで小倉が、「君はお父さんのことを見て知っていたはずじゃないか」と言うと、晴子は、「父親が帰って来ないのと夫が帰って来ないのでは全然違うわ」と金切り声をあげた。

こうした悩みを抱えながらも、小倉は防衛予算の拡大に歯止めをかけようとする。

加瀬英明を思わせるタカ派評論家、加藤啓明が予算編成前にアメリカに渡って、向こうのタカ派議員に「日本は外圧に弱いから、大きな声を出さないとダメだ。日本の防衛力増強を強力に要請すればいくらでも出るぞ」と吹いて回ったらしい。その後ろには「関西の歴史の古い鉄鋼企業の会長」である荒木田剛(住友金属工業会長だった日向方斉がモデル)がいるということを突きとめて毎朝新聞が記事にした。

小倉はそれを二百部求めて、自民党の防衛族や野党の関係議員に送ろうとする。できるだけ早く、できれば明朝にも投函したいが、極秘の作業で誰にも頼めない。それで小倉は、実家に帰っていた妻の晴子を訪ね、手伝ってくれと頼む。呆れながら、晴子は「新聞紙に手を伸ばして夫と同じ作業を始め」るのだった。

しかし、こうまでしての、小倉たちの努力は報われなかった。

ある〝失言〟によって、大蔵省の予算原案は引っくり返されてしまうのである。そのクライマックスに向けて、江波戸は周到に、そして大胆に読者を引っ張っていく。この後、江波戸は『小説通産省』や『小説郵政省』(共にかんき出版)を出したが、この作品が原点である。

18 旧財閥に残る気風
『果つる底なき』池井戸潤 著

半沢直樹の「倍返し」が流行語にもなったドラマの原作者、池井戸潤は三菱銀行に勤めていた。

〝紳士〟と呼ばれる同行も、バブルの時には明治生命と組んで変額保険を推奨し、非難されたが、当時、元頭取か三菱グループの首脳がそれを批判して、「フロックコートを着て立小便するようなマネはするな」と叫んだといわれる。

そうした気風が、まだ、三菱にはある。その銀行に勤めていたから、半沢ドラマは生まれたのである。他行なら、半沢は入行できないし、入行したとしても、早々に潰されるだろう。

私が経済記者としてインタビューした三菱銀行頭取の田実渉は前進座の河原崎長十郎と親交があった。

それで、前進座が中国公演に出発する壮行会で、俳優協会会長の市川左団次の次にあいさつを指名され、並み居る出席者を驚かせた。

前進座は戦後すぐ共産党に集団入党して話題になった劇団であり、財閥銀行の頭取とは、どう考えても接点がないように思われたからである。

田実が河原崎と出会ったのは大学生の頃だった。田実の小学校時代からの親友に鈴木新助という芝居好きがいて、東京一の酒問屋の次男坊だった鈴木が中心になって劇団をつくった。のちに三井信託銀行の副社長となった金杉台三や清水建設の御曹子、清水俊雄らもそのメンバーだったが、みんな素人なので、専門家に演技指導をしてもらおうということになり、鈴木が、当時、左団次一座にいた河原崎を連れて来た。

年齢が同じということもあって、お互い、すぐに親しくなる。

こうして旗揚げした金持ちの坊ちゃんたちの道楽芝居劇団の名が「雷座」。その名のごとく、あるいはコケオドシだったかもしれない。田実は、この時の公演には大いに不満だった。「鈴木や清水ばかりがいい役をやって、私など、舞台の上から雪を降らせたり、波の音の擬音係ぐらいしかやらせてもらえなかった」からである。

それから、田実の身の上にも河原崎の身の上にも、さまざまなことがあった。しかし、青春の日に結ばれた田実と河原崎の友情は変わることがなかったのである。

あるエッセイで田実は「以来四十数年、私は前進座の芝居はほとんど欠かさず見続けてきた。そして長十郎の舞台を観るたびに、演劇学生だった若き日の自分の姿をなつかしく想い浮かべるのである」と書いている。

とはいえ、三菱以外の銀行で、頭取が共産党劇団のトップと親交を結ぶことが許されるとは思えない。

だから同行出身の池井戸が半沢ドラマを生み出し得たと指摘するのだが、ここでは、江戸川乱歩賞を受賞し、ドラマの出発点ともなった『果つる底なき』を挙げておこう。

ところで、加藤直樹著『なぜ支店長は飛ばされたのか』(廣済堂出版)という興味深い本がある。副題が「「半沢直樹のモデル」と噂の元銀行マンの告白」。トビラには「本作品は事実に基づいて書かれていますが、登場する著者周辺の人物名は、すべて仮名です」と断り書きがついている。そして、序章が「小説より奇なる銀行の世界」。

現実の銀行はドラマよりも「はるかに壮絶で陰惨」だという加藤は、学生時代に剣道をやっていて、名前も直樹なので、ドラマが評判になると、「モデルはお前だろう」というメールや電話を何本ももらった。

加藤はドラマの成功の秘密を、銀行員の立場から、こう解く。

「主人公は同じ銀行員であっても、そこらの銀行にいる単なる銀行員ではない。彼は、メガバンクの重要支店の超エリート行員であり、しかも、融資課長であったこと、つまり、半沢直樹がこの地位にいなければ、あのようなドラマは成立しないということだ。そこが、あのドラマをおもしろくしたのだった」

エリート大学の出身でない加藤は徹底的に足を使って業績を上げ、出世していく。その過程で、ドラマにも登場する「クソ上司」にいじめられた。

身体を鍛えていることが自慢のある上司は、「おい、加藤、お前の腕は太いけど、なんだ、その白さは。わー、気持ち悪い。白人の女みたいだなあ。情けない。俺はほら、スポーツで鍛えているから、この黒さだ」と偉そうに言った。

加藤の目の上のたんこぶとなったのが、専務の一文字正之である。一文字は銀行産業労働組合、通称銀産労の書記長をして、組合を支配し、のしあがった。

本店の総務部長兼秘書室長になった時に、加藤は一文字に正面から反発してしまう。

年末の役員打ち上げの席で、一文字が、「おい、加藤！　お前、こんなのはソバじゃないぞ。俺たちに、こんなものを食わせていいと思ったのか！」と怒鳴った。

覚悟を決めて加藤が、「専務、なんですか。今、何とおっしゃいました。ええ、何ですって？　こんなのはソバじゃない？　あなたねえ、社員はみんな、このソバを食べているんですよ！　役員だからと言って、そんなにうまいソバが食いたけりゃ、銀座でも日本橋でも行って食べなさいよ」と反論する。

「なに、貴様！　誰に向かって言ってるんだ」と一文字は激昂したが、加藤はさらに、「あなたですよ。この銀行の最高実力者、天下の一文字専務に向かって言ってるんですよ！」と言い募った。

多分、こうした光景は三菱以外では見られない。

19　金融帝国のルーツ
『ザ・ロスチャイルド』渋井真帆 著

第四回城山三郎経済小説大賞を受賞したこの作品について、『週刊ダイヤモンド』の二〇一二年一二月八日号で渋井が次のように語っている。

「小説の執筆に本格的に取り組み始めて三年。大賞をいただき望外の喜びです。子供のころから歴史が好きでしたが、特に「仕組みをつくり上げた男たち」に興味が向きます。彼らが何を見て、感じて、考えたのか。偉大と評価される人物たちにも「偉大になる前」が存在し、苦難の時代があります。本作で描きたかったのは、ナポレオン時代、歴史に名を轟かすロスチャイルド家の礎を築き、現代金融の仕組みづくりに貢献したネイサン・マイヤー・ロスチャイルドの成長物語です。当時の史実をベースに、私なりの創造を加え執筆しました。いま苦難に立ち向かっているたくさんの男性、そんな男に引かれる多くの女性にお読みいただければ幸いです。これからもさまざまな時代に生きた世界中の男たちの成長物語を紡いでいきたいと思います」

女たちは主人公になれないのかという反論も聞こえてきそうな「受賞の言葉」だが、選考委員として私はこう書いた。

「実に興味深い作品である。読者を飽かせぬ筆力も見事！

ユダヤの、特にヨーロッパにおける位置。「キリストを磔刑に送った罪の民族として」憎悪されていることなど、あらためて知って、なるほどと思った。国家が起こす戦争と経済が深く関わることを著者は巧みに冒頭の場面から描写する。そして、ロスチャイルド。この三つを絡ませながら、国を持てないユダヤ人の家族の団結という一本の太い芯を通したこの作品は、これからもユニークな作品を連打するであろう新鋭作家の登場を予感させる。

「裏表のある人間は嫌だが、裏と表をはっきり言う奴とは付き合ってもいい」

作中のこんなセリフも練達した人間観に基づいて書かれているように思えて心地よい。経済は国家を背負い、歴史を背負う。それは洋の東西を問わない。城山三郎は何よりもそのことを考えていた。これはその名を冠するに十分な作品である」

もう一人、安土敏の選評を引こう。

「『ザ・ロスチャイルド』は、タイトルの通り、ロスチャイルド家の勃興を描いた作品だが、ユダヤ人とその社会がよく描かれていて、そういう知識を持たないわれわれ日本人にとって、情報小説として興味深い。さらに、ストーリー展開やエピソードにはフランス文学のような薫りが感じられ、面白さに引き込まれて読み進めることができた。主人公のネイサンをはじめとするロスチャイルド家の人々が魅力的である」

私は渋井と『俳句界』の二〇一三年七月号で対談した。

真帆の帆は父親が山口誓子の「炎天の遠き帆やわがこころの帆」から取ったらしい。

大学を出てバブル崩壊後に銀行に入った渋井は歴史が大好きで、初恋の相手が織田信長だという。

「確か小学校三年生の時に織田信長の本を読んで、ずきゅんと瞬間的にやられました(笑)。それから寝ても覚めても信長のことばかり考えて、信長に関するあらゆる資料を、分からない漢字があっても辞書を引きながら読みました。五年生までずっと信長一筋でしたね」

結婚して食卓で夫に歴史の話をしていたら、小説にしてみたらと言われ、その気になる。

小説は人間のドラマで、欲望が絡み合って物語が紡がれていく。

そう考える渋井が一番関心がある欲望は政治や経済の欲望だった。

「社会人として働いて見聞きしてきたというものもありますし、政治や経済の舞台で、正と悪では割り切れない人間の生き方とか主義主張とか、背負ってきたものを描きたい。そんな人物がいないかなと思ったとき、ロスチャイルドが浮かんできました」

それを知人に話したら、ロスチャイルドの日本の総代表があるからと言われ、紹介してもらった。

いろいろ話してくれた中で、最も印象的だったのは「ロスチャイルドはブランドではない。自分たちの考え、精神こそがロスチャイルドだ」という言葉である。

城山作品は読んだかと尋ねると、こんな答えが返って来た。

「特に『官僚たちの夏』は心に響きました。それを読んで、城山三郎経済小説大賞にチャレンジしようと思ったんです。城山先生は、お金の話だけを書いたわけではないですよね。お金は人生につきもので、歴史と表裏一体の関係です。お金や政治の話を通して、人間の歴史や社会のシステムのこと、そのシステムの中で懸命により良い世の中を作っていこうとする人間を描こうとしているのではないかと思います。私はそれこそが文学だろうと感じるので、その名前に恥じない作品を書いて、その上で選ばれたいと思いました」

自信はあったのか？

「自信はないですが、責任はありました。ロスチャイルドの方々にまでご協力をいただいたので、責任のある作品を書かなくてはならないと思っていました」

やはり選考委員の高杉良は「一頭地を抜いていた」作品で、「ストーリーの興趣もさることながら、世界史をも、ひもといてくれるアピール力に感服した」と絶讃している。

城山が『小説日本銀行』（新潮文庫）を書き、高杉がそれに触発されて『小説日本興業銀行』（講談社文庫）を書いた。渋井も銀行を書いたらと思うが、彼女は、「まだ客観視できないですね。もし今書いてしまうと、銀行員を格好良く書いてしまいそうな気がするんです」と言った。

その姿勢もいいが、あれから八年。渋井はどうしているだろうか。

20 日本人発行のルーブル札
『ピコラエヴィッチ紙幣』熊谷敬太郎 著

現在の城山三郎賞は経済小説だけでなく評伝等も対象としているが、ダイヤモンド社が担当していた時は「城山三郎経済小説大賞」だった。

その第二回受賞作がこの作品である。

オビに私を含む選考委員四人の評が載っている。

スーパーのサミットの社長で、安土敏という筆名で小説も書いていた安土敏のそれから紹介しよう。「スリルあり、サスペンスあり、題材も状況設定も非常におもしろく、文章力もあり一気に読ませる」

次に、作家の幸田真音。「テーマを発掘する目の確かさと、一途なほど真摯な姿勢が伝わってくる。歴史経済小説への大きなチャレンジといえる作品」

やはり、作家の高杉良は――「興趣尽きないストーリーの見事さに感服。経済小説が時代を切り取り、時代を超えて読み継がれていくことを、本作品は実証するに相違ない」

そして私は――「城山三郎が存命だったら、この作品を熱烈に推薦したのではないか。この作品を推すことのできる充実感、満足感をじっくり噛みしめた」

まさに絶讃である。

「通貨とは何か？」「経済とは何か？」を問う問題作を謳っているが、それに偽りはない。

巻末には、こんな注釈がある。

「この作品は、一九二〇年にニコラエフスク・ナ・アムーレで実際に起きた尼港事件と、当地で発行された島田商会札（ピコラエヴィッチ）を題材にしたフィクションです」

なぜ、日本の一商店が異国の地で紙幣を発行し、流通させることができたのかをテーマとするこの作品を描いた熊谷と、一人の亡命ロシア人が出会うことによって、この作品は生まれた。

その女性の名は武谷ピニロピ。

一九七七年の春に熊谷はピニロピが院長をしていた東京都清瀬市の武谷病院を訪ねる。

当時、熊谷は原因不明の難病で失明すると言われ、途方に暮れていた。結婚し、脱サラして広告企画会社を起こしたばかりの頃だった。

あきらめきれずに良医を求めて武谷病院にたどりつく。ピニロピに会って驚く。金髪の外国人である。それなのに流暢な日本語で、「一、二年がんばれば病気は治まります」と言う。

この人は何者なのかと熊谷は思った。通院している間に次第に謎が解けていく。

のちに熊谷は彼女の生涯も上下巻にまとめるが、ピニロピは一九一七年のロシア革命の二年後、ウラジオストックからハルビンに向かう列車の中で生まれている。

父親は最後の皇帝ニコライ二世の護衛兵だった。つまり、赤色革命から亡命した白系ロシア人である。

途中、ハルビンで修道女になりそうになったが、日本に逃れてきて会津に住む。そして東京女子医専、現在の東京女子医大に入り、眼科医になった。

ちなみに、私も清瀬に住んでいた時に彼女の診察を受けている。

都内の病院に勤めていて原子物理学者の武谷三男と知り合い、一九四三年に結婚した。三男はわが師、久野収の親友だが、共に反戦運動をしたとして特別高等警察に逮捕されている。

それからのピニロピは苦難の連続だった。夫はアカで、自分はいわゆる敵性外国人である。それこそ愛国に狂った日本人から石を投げられるような日々だったが、戦後はそれを忘れたかの如く、日本の人たちを親身になって診療した。貧しい人からはおカネを取らなかったともいわれる。

そんなピニロピと出会って目がよくなった熊谷は、ピニロピの故国を知りたいと思い、ハルビンを訪ねたりもした。

そして、「尼港事件」にぶつかる。革命から三年経った一九二〇年の春に尼港、すなわちニコラエフスク・ナ・アムーレで、およそ七〇〇人の日本人が革命の赤軍に殺された事件である。

当時尼港には島田元太郎が設立した「島田商会」があり、「ピコラエヴィッチ・シマダ」と印刷した商品券を流通させていた。

島田自身の肖像も入っているが、金額はルーブルで表記され、インフレで価値が下がった正規の(ロシア)ルーブル札に代わって通用していたのである。

実は「ピコラエヴィッチ」は「ニコラエヴィッチ」の誤植だった。

熊谷は、島田商会が誤植に気づき、ニコラに訂正して刷り直したが、尼港事件で流通させることができなくなったという仮説を立てて小説を書いた。

表紙の袖の梗概を引こう。

「一九一九年秋、印刷工の黒川収蔵は紙幣印刷のため極東ロシア領の小都市尼港(ニコラエフスク・ナ・アムーレ)にある島田商会に派遣される。当地最大の日本企業・島田商会の発行する紙幣『ピコラエヴィッチ』は、下落の激しいルーブル札を補完し、町の産業を支える紙幣として当地の人々の生活に深く根付いていた。新紙幣の印刷は、美しいロシア娘オリガの協力で進められ、いつしか二人には恋愛感情が芽生えていった。

ようやく紙幣の印刷が完成に近づいた頃、町には四〇〇〇人を超える赤軍過激派が押し寄せる。ロシア人有力者たちは次々に処刑され、やがてその魔手は日本人にも向けられる。外界からの援軍を得られない厳寒の尼港で、およそ七五〇人の日本軍民は悲壮な覚悟で徹底抗戦を試みる。果たして黒川とオリガの運命は?」

『ピコラエヴィッチ紙幣』

21 触れてはいけない魔法のランプ

『小説総会屋』三好　徹著

総会屋という闇の世界に棲んでいた人間が、野村證券と第一勧業銀行の問題で、一気に表の世界に姿を現した。

大体、総会屋にはどんな人間がなっているのか。小池隆一の師事した「出版社社長」木島力也が馬主でもあったことが話題になったが、三好はこの小説で、やはり、競走馬を持ち、出版記念会を開いた時には、元首相まで出席した島脇昌作という総会屋を紹介している。あるいは、東南アジアのある国から勲章をもらって、受勲パーティを開いた森野義之介。そうした総会屋に、あえてなろうとした元銀行マンがいた。東西銀行からはじきとばされた鈴村である。

その鈴村に、トラブルコンサルタントとか称している矢吹が、どうして、そんな財界のダニみたいなものになろうとするのか、と尋ねる。鈴村は怒りを爆発させるように答えた。

「それなら、いいでしょう。総会屋はたしかにダニかもしれない。しかし、そのダニを必要としているのは、財界なんですよ。かつて、わたしは、ある銀行に勤めていました。東西銀行です。わたしは、あそこの総務にいた。ところが、株主総会に出した書類のささいなプリントミスで、わたしは上司に睨まれた。じつに、バカらしいことだった。一流銀行がどうして総会屋の機嫌をとらねばならないのか、わたしには、わからなかったが、それは、銀行の幹部自体が、ダニをつけ入らせるようなことをしているからですよ。ダニが悪だというなら、それはそれで結構。たしかに、総会屋なんて、ダニみたいなものだ。しかし、その悪を養い育てているのは、財界であり企業なんだ。それ自体が悪の花園なんだ」

矢吹自身も総会屋の一種なのだが、その矢吹が大手商社の三星通商の社長たちに言うセリフも、また真実である。

「世間では、総会屋のことを悪の見本のようにいって、あたかも企業が被害者のように思っているが、じっさいの話、諸悪の根元は、企業のほうにあるのだ。自分たちが、さんざん悪いことをしておいて、それを隠すために、総会屋を利用している。そこにつけこむ総会屋もほめたものではないが、どっちが悪いかといえば、企業が悪い。つまりは、きみたち経営者が総会屋を育てているようなものなんだ」

野村證券と第一勧銀の醜悪な〝利益供与〟が明らかになって、真っ向から、それは違うと反論できる経営者はいないだろう。総会屋の開くゴルフ・コンペに出て、終わった後、風呂場で総会屋の背中を流す総務部の人間までいるのである。

警察の肝いりで開催される総会屋担当者懇談会には、総務部長は出席しない。出ると、その会社は総会屋の締め出しに熱心だと思われて、総会屋から攻撃を食らうからである。その会に出たことが、総会屋にすぐにわかるのだった。警察ともツーカーなのかもしれない。

　日本の会社には、たいてい総務部があり、その職務分掌規定の末尾に「他の部署に属さざる事項」という項目が入っている。この総務部が外国人には説明しにくいのだが、会社におけるCIAのようなものというと、外国人も案外、納得してくれるとか。

　笹子勝哉は『銀行総務部』(徳間文庫)で、ほとんど効果のない広告を載せた領収証がわりの雑誌や新聞を発行する〝トリ(取り)屋〟について、こう説明する。

「なにを取るのかと言えば、広告料である。大手の鉄鋼会社や銀行、自動車メーカー、石油会社、重電、家電、造船、かつて重・厚・長・大と言われたそうした巨大な企業が、たかだか発行部数にして一〇〇〇部にも満たない経済誌に広告など出稿してもなんのメリットもないことはだれにでも分かることだ。

にもかかわらず、定期的に広告を出し、ピンは年間一〇〇〇万円クラス、キリは年間一〇〇万円クラスの広告料を支払うという現実が、この企業社会にはたしかにある。そして、広告料を包む仕事を担っているのが企業では総務部なのである。いったいどうしてなのか――。

　事は極めて簡単である。

　会社の信用に係わるようなことを、有ること、無いこと、記事にして書き連ねられるよりも、金を出して穏便にすました方が安上がりである、と企業が判断するからだ」

つまり、広告を出すメリットはないが、出さない場合のデメリットがあるのである。その闇の深さは、野村證券や第一勧銀との癒着で明らかになった。それを予測したとも言える『銀行総務部』で笹子はこう書いている。

「株主総会を無事に乗り越えるために、大企業はなかば公然と裏金を総会屋に出し続けてきたのである。彼等、有力総会屋のバックにはたいていは名前を聞けばすぐに分かる広域暴力団が控えており、その力を利用して大企業は株主総会を乗り切ってきたといえる。有力総会屋はいくつもの大企業に食い込み、株主総会ともなると企業の依頼によって自ら〝幹事〟を名のり、他の総会屋の発言を封じ込めるのである」

実際、第一勧銀に食い込んだ小池隆一や、その師匠格の木島力也でさえ〝小物〟であり、第一勧銀については「広域暴力団」のS会、あるいは住友銀行についてはY組との関係こそが問題なのだと解説する事情通もいる。

バブルの時には、各銀行は地上げ等で、むしろ積極的に暴力団を利用した。アラジンの魔法のランプのようなものなのである。しかしおとぎ話とは違い、呼び出してはならない巨人を銀行は呼び出した。用が済んだから帰れと言っても帰るはずがない。企業と総会屋の関係も同じようなものと言えるだろう。高度成長と共に企業は太り、それに寄生する総会屋も肥え太った。

22　「狙って潰せない会社はない」

『虚業集団』清水一行著

一九八二年秋のある夕、東京は銀座のレンガ屋で清水と共に私は〝知能ギャング〟の親玉を待っていた。この作品の主人公、上条健策のモデル、芳賀竜生である。

まだ暖房は入っていないのに、私の掌はじっとりと汗ばんでいた。

「清水作品の中では最高傑作の部類に入ると思うのでモデルに是非会いたい」と言った自分自身の言葉を、ちょっと後悔していた。そこへ芳賀が二人の〝影〟を連れて現れた。俳句の宗匠のような和服姿の芳賀は、開口一番、「お前は誰だ！　俺は知らない奴には会わねぇんだ」と言って、私をにらみすえた。

小柄で、愛嬌のある顔立ちながら、さすがに細い目の奥に、人をすくませるような凄みがある。清水がマアマアと取りなして、芳賀は席に着いたが、二人の〝影〟はそれぞれ何十人という部下をもつ〝会長〟だという。それが芳賀の前では絶対服従の〝臣下〟となる。そして芳賀はことさらにそれを要求する。

清水が書いているように、「すこしでも隙を見せたり、間の抜けた仕事をしようものなら、たちまち配下の好餌になってしまう恐れがある」からだろうか？

芳賀はその五年前に僧籍に入り、頭を丸めた。詐欺罪に問われて刑務所に入っていたのだが、そのことは書くなと言う。それで私は『夕刊フジ』の連載では、「遠い所」へ〝修行〟に行っていたと記した。

それにしても、丸めた頭をテカテカ光らせながら、生ガキ(オイスター)を一〇個も食べている芳賀を見ると、とても出て来たばかりとは思えない。上条そのままの迫力である。

警察では上条たちを知能ギャングと呼ぶが、上条は「弱肉強食の原理に一番忠実な、金の威力の行使」をする硬派金融だと反論する。名称はともかく、上条の配下には、手形のパクリ屋、経済界の情報屋、導入屋、喝《おど》し屋、食い屋といった、それぞれ専門的な特技を持ったクセ者たちがいた。上条のモデルが芳賀だが、配下には他に、たとえば、東大法学部始まって以来の秀才といわれた山崎晃嗣と組んで「光クラブ事件」を起こした三木仙也という男がいた。この作品の伊田のモデルである。

芳賀はこう豪語する。

「日本の会社で、おれがねらってつぶせない会社はない」

一番つぶしやすいのは同族会社で、次が派閥の多い会社だが、芳賀の目から見れば「いまの日本で、どこから見ても安全な会社というのはない」のである。芳賀は「つぶれる会社にはつぶれるだけの要因があり、それにおれは引導を渡すんだ」と言う。

『虚業集団』で芳賀たちに食われる里見重工は東証二部上場の機械メーカー。かつてあった東海重工がモデルだ。芳賀は底光りする視線を私に向けながら、「経営者が自分の会社の株を流すような会社は最もダメだね。兜町で株券を見れば、すぐわかる。社長名義の株や同族の人間の株が流れるということは、経営者として失格だよ」と断定口調で語る。

里見重工も、里見北海社長の次男で常務の勇次が、銀座のホステスに一〇〇〇万円以上も注ぎ込んだことからスキができた。それに乗じて、会社を食う罠掛けを始めた上条は、配下の人間にこう説明する。

「里見重工には倒産懸念がない。だから面白いと思うし、思うさま食えるはずだ。なぜかというと、すこしでも倒産懸念のある会社では、倒産にたいしてある種の準備ができてしまっているものだ。隠すものは隠すし、食うものは自分達が食ってしまう。こういう相手は効率が悪い。しかし、倒産懸念のまったくない会社が倒産したらどうなるか、無防備な相手を、それも暗闇で丸太ん棒で叩きのめすようなもんだ。もちろん当の里見重工は悲鳴をあげる暇もないだろう。同時に里見重工の債権者も、当座は何が起こったのかわからず、必要な手も満足に打てないはずだ。その間隙を縫ってわれわれが好きなように料理する」

上条のこの説明の中から、残酷なまでの非情さが立ちのぼってくる。上条は里見重工をつぶして、五億円を食おうとした。上条のモデルの芳賀は言う。

「経営者が無能で会社が悪くなると、手形が流れ出す。その手形をわれわれが買い取っていく。すると、大体はすぐに銀行はカネを貸さなくなるんだ。そして銀行に融通手形の照会が頻繁にくる。それで結局、最後には銀行が引導を渡す」

『虚業集団』にはまた、「無期限融資」が行われる場面がある。期日についてはうるさいことを言わない。無期限にしよう、と言われてカネを借りて喜んでいたら、突然、その返済を迫られるのである。しかし、返済期日のない手形はないのであり、無期限ということは、今日なら今日の日付を書いて即銀行へ入れてもいい、ということなのだ。

「企業小説を仕上げてゆくためには、さまざまな情報源をもっていなければならないが、わたしの変わった情報源の一つに、知能派ギャングと呼ばれる集団があった。専門的な、経済事犯の定連グループである。わたしは、彼等の頭脳に、何度も脱帽した。実際、なにを考えるかわからないし、彼等は天才揃いなのである。この小説は、そういう犯罪の天才たちが完全犯罪のモデルケースとして、実際に手がけたもので、事実は文字どおり小説より奇なりであった」

清水は「作者の言葉」にこう書いている。

芳賀はその後、二〇〇一年に西武鉄道を食いものにして脚光を浴びるが、それについては平井康嗣著『西武を潰した総会屋　芳賀龍臥――狙われた堤義明』(WAVE出版)に詳しい。

23 ある闇金融の挫折

『白昼の死角』 高木彬光 著

一九八九年にリクルート事件が発覚して江副浩正が逮捕された時、清水一行は私にこう語った。

「リクルートにはあまり興味がなくて、NTTと組んで情報通信産業に進出しようとしていたことも知らなかったけれども、江副という男はあの光クラブの山崎晃嗣と似たタイプの人物かと思っていた。才走っているという意味でね」

江副は〝虚業家〟といわれることを極端に嫌ったらしいが、東大と虚業家という二つの点で、清水は江副と山崎に共通性を見出したのだろう。

戦後まもなく、東大生の高利貸として有名になり、一九四九年にそれが破綻して二六歳で自殺した山崎が『白昼の死角』に登場する隅田光一のモデルである。彼は「元首相、若槻礼次郎以来の天才だと、教授たちが折り紙をつけるくらい」優秀な東大法学部生だった。

それを踏まえて、清水はこう続けた。

「それで、山崎の破綻の仕方と江副の破綻の仕方には非常に共通点があるような気がする。共に、計算は一応全部立ててやっているんだけれども、肝心なところに大きな穴があいていて、ポコッと落ちてしまったという感じですね。

ヤミ金融の山崎が自殺して、江副が発覚後も生きたのは切迫感が違っているからで、光クラブは豊田商事のように庶民のカネをかき集めてそれを貸し、利益を出そうとして失敗した。一方、リクルートは創業者利得をバラまいたわけで、そこが違う」

作中で隅田光一は、大日本帝国を崩壊させてくれた東条英機には感謝すると言い、その理由をこう語る。

「軍というものの力がなくなれば、金力が絶対万能の支配者になるが、個人が短い時間のうちに巨富を築きあげる機会は、少なくとも資本主義経済の下では、国家が勃興するか滅亡するか、こういう場合しかないのだよ」

しかし、この小説の主人公は隅田ではない。隅田の死後、リーダーとなって〝悪の天才〟ぶりを発揮する鶴岡七郎である。

彼はのちに、詐欺容疑で東京地検への出頭を命ぜられ、福永博正という検事に、「君は隅田光一と太陽クラブでいっしょに働いていたようだね。彼という男をどう思う？　その行為よりは、人物の印象だが……」と尋ねられて、「天才でした。少なくとも、頭の働き、着想、予見、そういういくつかの点では、私など足もとにもよれなかったかもしれません。／ただ、その反面、彼はあまりに脆すぎましたね。頭だけが猛烈に先走って足がともなわなかったり、性格に極端な利己主義があったりして、どこか、ついてゆけないところがありました……。まあ、もう少し生きていて、円熟してくれれば、そういう欠点もなくなったかもしれませんが」と答えている。

おそらく、モデルの山崎晃嗣自身がそうだったのだろうが、たとえば、七郎をびっくりさせた光一の次のような発言など、才をまったくエゴのために使った結果の、恐るべき差別意識と言わざるをえない。

「女というものはどんな女でも大差はない。猫によく似た動物か、欲望をみたすための道具と思えばいいのだ。もちろん、便所にしたところで、水洗タイルばりのきれいなのに越したことはないけれども、軍隊の、いや刑務所のように汚ない場所でも用はたせる」

隅田の巧みな弁舌に酔わされて、投資者たちはカネを預けた。

「あなたは信頼できる人です」「あなたを信用して投資しましょう」

胸中の不安を消し、自分自身を信じさせるように、こう繰り返して投資する人間たちの帰った後で、しかし、隅田はそのカネを金庫へ投げ込みながら、こんな自嘲めいた言葉をつぶやいていたのである。

「嘘だ……人間が人間を信用できるなどということは考えられない。やつらが僕を信用するなんて真っ赤な嘘さ。過去の指導者たちに対する幻滅と、利子だけはきちんきちんと払うというごく平凡なやり方が、彼らを自己暗示に追いこんでいるんだよ……」

戦時下の統制経済が敗戦によって消え、混乱の自由経済の戦後が到来した。自由は、しかし、だます自由と、だまされる自由の両面を含んでいた。そこに会社という組織がからんで、だましの手口も大型化する。

この小説は、作者が、偶然、箱根の宿で鶴岡七郎と会う場面から始まるが、そこで高木は、鶴岡からこう問いかけられる。

「先生は松本清張先生の『眼の壁』という小説はお読みでしょう。あれをどうお考えです？」

これに対し、高木は、「傑作ですね。特に捜査二課の事件をあつかったあたりにはすっかり感心しました。ああいう作品は、とても私には書けませんねえ」と答えるのだが、鶴岡はそれを、「そうでしょうか。もちろん、推理小説としての評価は私にはわかりません。ただあの小説の中に出てくるパクリ詐欺は、私に言わせれば、児戯に類するものですよ」と一蹴する。

「なんですって！」と驚く（驚いてみせる）高木に鶴岡は、「私が犯罪者だというのはそういう意味です。私は自分の精魂を傾けて、この十年、法律の盲点だけを研究してきたのです。いや、理論の研究だけではなく実行もしました。その中にはわずか半日で、資本金何億の上場会社を作りあげて、たちまち消滅させた事件もあります。一国の公使館を舞台にして、公使から門番まで全部の館員を半年近くだましつづけた事件もあります」と追い討ちをかける。

作中の会話とはいえ、松本に対する高木の強烈なライバル意識がうかがえる。

24 ローン破産という公害

『火車』宮部みゆき著

主なクレジットカードは大体三種類に分けられた。銀行系カードと信販系カード、それにデパートなどで出す流通系カードにである。

一九八三年には五七〇五万枚だったその発行枚数は八五年には八六八三万枚、五年後の九〇年には一億六六一二万枚にもなった。

宮部は違和感なくこうした数字を盛り込みながら、ちょっと恐くなるようなドラマをつくった。

「たぶん、彼女、自分に負けてる仲間を探してたんだと思うな」

かつての同級生の妻が同年輩の女性について語る。

「寂しかったんでしょう、きっと。ひとりぼっちになったような気がして、どん底にいるような気分だったんでしょう。わからないけどね。でも、結婚するんでも留学するんでもなく会社を辞めて田舎へ引っ込んだあたしなら、少なくとも、東京にいて華やかにやってるように見える自分よりは惨めな気分でいるはずだって当たりをつけて、それで電話してきたんですよ」

ローン地獄に落ちる人など、自分とは無縁だと思っている人でも、『火車』を読めば、きっと、そうした人を身近に感じるだろう。そして、現代のこの国にパックリと口をあけている、その地獄の淵の深さに戦慄するに違いない。

『火 車』

「欲シガリマセン勝ツマデハ」
こんなスローガンが躍った質素倹約の戦争が終わり、私という名の欲望を肯定する民主主義社会が始まった。私の復権のために欲望の肯定は必要なことだった。しかし、そこにカード社会がやって来て、少なからぬ人間が破滅の道をたどることになる。

一九九二年夏に出されたこの小説には「年間貸出額六〇兆円、個人の借金比率世界一のクレジット・カード王国日本。その結果の一〇〇万人とも言う破産予備軍。襲いかかる美味な〝情報〟に破れ、富の川を流されてゆく生きてる〝幽霊〟の素顔!」と書かれたオビがついていた。意志の弱い人間だけがそのローン地獄に落ちていくのか。自分の過去を消し、他人になろうとしてなりきれなかった女たちを描いて、この小説は切ない。

クレジット三昧の生活をした「あの娘」について、寄宿させたことのある女性が、「そうしていると、錯覚のなかに浸かっていられたからよ」と語る。

「お金もない。学歴もない。とりたてて能力もない。顔だって、それだけで食べていけるほどきれいじゃない。頭もいいわけじゃない。三流以下の会社でしこしこ事務してる。そういう人間が、心の中に、テレビや小説や雑誌で見たり聞いたりするようなリッチな暮らしを思い描くわけですよ。昔はね、夢見てるだけで終わってた。さもなきゃ、なんとしても夢をかなえるぞって頑張った。それで実際に出世した人もいたでしょうし、悪い道へ入って手がうしろに回った人もいたでしょうよ。でも、昔は話が簡単だったのよ。方法はどうあれ、自力で夢をかなえるか、現状で諦めるか。でしょ?」と続ける。

ところが、いまは「見境なく気軽に貸してくれるクレジットやサラ金」がある。息もつかせぬ緊密さで読者を引っ張っていくこのミステリーには、また、弁護士が登場して、次のような納得させられる議論を展開する場面もある。彼の唱えるのは「クレジット・ローン破産=公害」論である。

次々とサラ金から借りまくった多重債務者を人間的に欠陥があると決めつけるのは、たやすい。しかし、それは交通事故はすべてドライバーの責任というようなものだ、と彼は説く。それでは「おざなりな自動車行政や、安全性よりも見てくれと経済性ばかりにこだわって、次から次へとニューモデルを出してくる自動車業界の体質」は見逃される。自動車事故において、「まともな人間なら事故など起こさない」とは言い切れないように、まともな人間ならローン地獄には落ちないとは言えないのである。

親が多重債務者となり、姿をくらましてしまったら、どうなるか?

「自己破産」といった方法があることを知らない娘は、逃げても逃げても追ってくる取り立て屋の前に、ついに力尽きた……。夜逃げの前に、死ぬ前に、そして逆に、思いあまって人を殺す前に、破産を思い出せ、と弁護士は作中で強調する。

こう話すと、笑う人が多いが、笑いごとではないのだという。

「破産についての知識がないばっかりに、家族がバラバラになって、職も失ってね。戸籍や住民票を動かすと取り立て屋にわかってしまうから、子供も学校に仮入学させることになる。息をひそめて暮らしている。原発の下請け労働者のなかにも、こういう人たちが混じっているという話を聞いたことがあります。過去を隠して逃げ回っているから、他人の嫌がる危険な仕事につかざるをえなくなるんですよ。こういう『棄民』が二、三〇万人もいると言われているんですよ。放っておけんでしょう」

この作品に触発され、サラ金業者の側からクレジット・パニックを描いたのが高杉良の『小説消費者金融』(講談社文庫)である。

これを読むと、銀行がいかに庶民のためになっていないかがよくわかる。

一度でも銀行からおカネを借りようとした人は、その手続きがどんなに面倒で、銀行が何とか貸さないようにしているかに腹を立てた経験がないだろうか。その陰湿、無責任な土壌の上にクレジット社会の徒花は開いた。

俗に「銀行は雨の時にカサを取り上げ、晴天の日にカサを貸そうとする」と言われるが、サラ金はその銀行を反面教師として毒花を咲かせたのである。

III　会社国家ニッポンのゆがみ

25 会社は誰のものか

『トヨトミの野望』梶山三郎 著

『日刊ゲンダイ』で、ほぼ月に一回、「週末オススメ本ミシュラン」というのを書いている。土曜日発行の号に「ビジネスマン必読」の一冊を挙げるのだが、二〇一七年二月二〇日号にこの作品を取り上げ、次のように書いた。

〈プロ野球の南海ホークスに杉浦忠という名投手がいた。長嶋茂雄と立教大学同期だが、挙《ころ》母《も》高校の出身である。挙母は由緒ある地名だったが、その挙母市が一九五九年に豊田市になる。トヨタ自動車のトヨタである。どうして一企業に合わせて、『古事記』にも登場する地名を変えなければならないのか。変えようとした当時の市長や議会に対して激しいリコール運動が起こったが、結局、豊田市となった。

　この「トミトミの野望　小説・巨大自動車産業」は明らかにそのトヨタをモデルとしている。『週刊金曜日』の一月二七日号に、この作品にトヨタ自動車名誉会長の豊田章一郎氏が激怒したと書かれているが、登場人物は次のように絵解きされる。

　「トヨトミ自動車」社長の武田剛平は、一九九五年に二八年ぶりに豊田家以外から代表取締役社長となった奥田碩であり、副社長の御子柴宏は、奥田の後継社長の張富士夫、そして、豊臣統一が現社長の豊田章男である。

テーマはトヨタは豊田家のものなのか？

豊田家のものにしたかったら株式を公開して上場してはならない。その原則が豊田家の人間にはわかっていないから混乱が起こる。

私は新聞記者の先輩と後輩が次のように話す場面に強く太くサイドラインを引いた。

「先輩、釈迦に説法を承知で言いますが、トヨトミの終身雇用の対象はあくまで社員です。工場労働者の主力を担う期間工は蚊帳の外だ」

「景気、業績の調整弁だからな」

「景気、業績が悪くなれば、ばっさばっさと斬りますよ。そのための期間工だ。外国人記者は期間工の実態を知らないから突っ込めない。トヨトミのしたたかさ、怖さがわかっていないんだな」

派遣切りもトヨタは早かった。そこに大企業の社会的責任といった意識はない。

記者の話はこう続く。

「だから日本人記者は期間工の問題には触れない。触れた時点で即出入り禁止だ。広告も入らなくなります。この不景気の時代、日本最大の広告主からオフリミットを食らったら会社が傾く。記者が路頭に迷うことになる」

広告のない雑誌の『週刊金曜日』に連載された辛口の『トヨタの正体』（金曜日）が名古屋を

中心に八万部ほど売れたことも、ここで付記しておこう。〉

この作品はその後、小学館文庫に入り、そして同じ著者による続編の『トヨトミの逆襲』が小学館から出て、私はまた『日刊ゲンダイ』の二〇一九年一二月九日号で、次のように推薦した。

〈「愛知県豊臣市」に本社がある〝トヨトミ自動車〟は売上高が二九兆円余で営業利益が二兆円を超す。その社長、豊臣統一が作中でこうつぶやく。

「あの総理とはどうもウマが合わない」

父親も祖父も政治家であり、大叔父にも首相経験者がいて、家系図は財閥・財界の大物がきら星のごとく居並ぶ内閣総理大臣・岸部慎介は、統一と同様、親の七光のボンボンと言われ続けてきたのだから気が合いそうなものなのに、合わない。

「岸部慎介」が誰をモデルにしているかは明らかだろうが、岸部が豊臣を「元は尾張の鍛冶屋の倅」と見下しているように見えるというのは笑える。それは私には「目くそ鼻くそを笑う」としか思えないし、共に「バカな大将、敵より怖い」の典型であるからだ。

岸部がこの国のトップであることに恐怖をおぼえるのと同じように、「巨大自動車産業」の社長がこの小説に描かれているがごとくとするならば、これもまた背筋が寒くなる話である。

発行済み株式のわずか二％しか保有していないにもかかわらず、なぜ、豊臣家がトヨトミ自動車を支配するのか。

三〇歳手前でトヨトミに入りたいと統一が父親の新太郎に申し出ると、新太郎は、「お前を部下に持ちたい人間はトヨトミにはひとりもいない。それでもよければ人事部宛てに正式に願書を出せ」と厳しい言葉を投げた。それでも親の威光で四四歳の時に最年少役員に、そして、五二歳で社長になる。その統一を、ベテランの新聞記者が次のように評する。

「統一さんは自分に従順な人間は徹底的に重用するが、意見が合わなかったり、批判的な人間は許さない。結果、統一さんの周りには〝お友達〟しか残らない。口うるさい豊臣家の分家の連中も、古参の年長役員も、あらかた〝粛清〟は済んだ。人事部は自分たちに危害が及ぶから、必死になって統一さんの意向を忖度して、気に食わない人間を放り出す。そんな上司たちに嫌気がさしたんだろう。トヨトミ人事部では、この一年で中堅社員が一〇人以上辞めている」

まるで岸部慎介こと安倍晋三のことを言っているようだろう。明らかにトヨタがモデルの豊臣で私が一番許せないのは、一九五九年に由緒ある挙母市を豊田市に変えたことである。〉

私が編著者の『巨大ブラック企業』(河出書房新社)で、この作品の取材協力をした元『朝日新聞』記者の井上久男が語っている。

「今でも本家と分家の間にちょっと摩擦があるんです。／豊田英二さんの長男の幹司郎さんはアイシン精機、二男の鐵郎さんは豊田自動織機、三男の周平さんはトヨタ紡織」のトップだが、分家の英二から本家の章一郎への社長交代は〝大政奉還〟だと言われたのである。

26 消費者vs経営者

『大阪立身』 邦光史郎 著

一代で王国を築き上げた松下幸之助を、邦光は『大阪立身』と題して書いた。副題が「小説・松下幸之助」。

邦光は直木賞候補となった『社外極秘』(集英社文庫)では、松下電器(現パナソニック)らしい山中電器と、東芝らしい東邦電器の、家電製品をめぐるスパイ合戦を描いた。邦光は『午後の派閥』(サンケイ出版)でも、東西電機という家電メーカーを舞台に、VTR戦争などをからませながら、熾烈な派閥争いを描いている。

松下電器については、清水一行の『怒りの回路』(角川文庫)も逸することができない。これを読むと、「杉山電器」として登場する松下がどのようにして販売店を系統化し、今日の松下を築いたかがよくわかる。

ところで、『大阪立身』は幸之助をあまり批判的には描いていないが、本田宗一郎と対比させながら、そのマイナス面を補足しておこう。二人は共に戦後日本の急成長のシンボルとして並び称されるが、これほど経営観、人間観の違う人もない。

幸之助は血にこだわって女婿の正治を後継者にし、孫の正幸が社長になるのを楽しみにしていたといわれるごとく、同族経営を志向していた。そのため、社員を一つの色に染め、「和」を強調したが、本田はそれと対照的に、むしろ「和」を排し、異論を巻き起こして社内を活性化することをめざした。

たとえば本田は、ある対談で、「私はせがれをうちの会社に入れる気は毛頭ありませんでした。せがれも親父の跡はいやだよと嫌って入りたがらなかったから、ちょうどよかった。うちの会社でいっぱしになろうと思って張り切って入ってくる社員がいるのに、途中から入った社長の子どもが跡を継いだら、その社員に気の毒ですよ」と語っている。

この本田が率いる本田技研で、エンジンを水冷にするか空冷にするかの大論争があった。技術屋で創業社長の本田宗一郎は、「砂漠でエンストした時、水なんかあるか」と言って空冷を主張した。

しかし、公害規制をクリアする面からも、水冷でなければならないと考えたのが、当時の若手技術者、久米是志や川本信彦だった。

血の気の多い本田は手が早く、よく久米や川本をスパナで殴ったなどと言われる。それほどのワンマンだから、もちろん自説を曲げない。わからず屋のオヤジ(本田宗一郎)に頭に来た久米は辞表を出して四国巡礼に出かけたという話もある。

その大論争を、本田の相棒の藤沢武夫(副社長)が間に立ってまとめ、結局、エンジンは水冷にすることになった。この時、空冷にしていたら、いまの本田技研は存在しなかっただろうともいわれる。


『大阪立身』

それほどの大きな分岐点だったのだが、その後、ワンマン本田とケンカをした久米、川本が相次いで社長になった。ホンダはそんな会社だった。

それに対して別名マネシタ電器といわれる松下電器は家庭用ＶＴＲの、いわゆるビデオ戦争でも、反則すれすれのことをやっている。

一九七四年九月、ソニーは松下電器と日本ビクターにＶＴＲの共同開発の申し入れをし、カセットと図面を手渡した。それなのに翌年九月、松下傘下のビクターは、ソニーに何の連絡もなく、独自開発したというＶＴＲを発売したのである。

ソニーにすれば、自分たちが規格統一を呼びかけ、公開したＶＴＲの製品と技術を参考にして松下が抜け駆けしたと思わざるをえない。

俗に〝経営の神様〟といわれる松下幸之助の消費者無視は、すでに、カラーテレビの二重価格問題でも明らかになっていた。

一九七〇年の夏から秋にかけて、カラーテレビの国内向け出し値と港渡し輸出価格、つまり国外向け価格に格差があると問題になった時、松下電器だけが価格を下げないという強硬な販売作戦をとった。

それに対して、地婦連事務局長（当時）の田中里子は、「まったく消費者をバカにした話だ。松下がこのような態度を打ち出したのは、私たちの消費者運動に対する挑戦だと思う。年末商

『大阪立身』

戦の時期を控えて、消費者運動に対するメーカー側のあの手この手の切り崩し作戦が次々と出てくることが予想されるが、私どもは松下の系列店を狙い撃ちにボイコットするなど、強力な対抗策を全国六〇〇万の会員に訴えていくつもりだ」というコメントを発表し、以後、松下に怒りが集中する。

それに、逆に憤慨した幸之助は、目を真っ赤に腫らして、こう言ったという。

「松下電器の経営に縁のゆかりもない、いわば主婦の人たちが土足で支社や本社に来て、自分が営々と培ってきた販売政策を変更せいという。そういう理不尽なことが、この法治国家で許されていいのか。これでは、無法地帯やないか。ワシは、そんなの許さん。世の中と政府と、すべてに腹が立ってしょうがないんや。眠れんのや」

〝神様〟と世の中のズレを残酷にクローズアップさせた発言だろう。

漫画『課長島耕作』の作者、弘兼憲史も三年ほど松下に勤めていた。だから、毎朝、「松下七精神」なるものを唱和し、社歌を歌っていたことになる。弘兼はいわゆる松下ＰＨＰ教に中毒していたことをこう告白していた。

「自分は特に松下に愛着をもっているとは思わなかったが、いま、まわりを見てみたら、電気製品はみんなナショナルだ。やはり、おれはナショナリストだったんだ」

松下にいると、ずいぶんとシャレのレベルも低くなってしまうのかもしれない。

27 経済大国の原罪

『19階日本横丁』堀田善衛 著

この小説は商社批判の昂まりの中で発表された。いわゆるソーゴーショーシャとは何ものか？　堀田は自らにそう問いかけて、自分なりの答を小説化した。

「土台この、日本の「総合商社」なるものは、実に日本独特のものであって、ヨーロッパやアメリカのケチな多国籍企業などを優に凌駕していた。扱う品目も〝ラーメンからミサイルまで〟と言われるように、一万点を越える、バケモノのようなものである。日本の本社が、全世界の各地に対して、また逆に全世界各地からテレックス通信——情報といった方が今様かもしれなかったが、その量は一日一万通をはるかに超えていた。たった一日の通信量がこれである」

この小説は一九七二年に出ているから、数字はその時点のものである。

「さらに、扱う品目は商品だけではなくて、金融、保険、不動産、土建、陸運、海運、倉庫、海洋開発、住宅産業、情報自体の売り買い、スーパー、資源開発と来れば、これがオバケでなくてなんであろう」

堀田はこう続けているが、「ポルトガルのトコロテンを食って、アイスランドのシシャモで一杯やる」だけでなく、中東をはじめとした世界の石油をガブ飲みすることによって成り立っている無資源国・日本の経済を「なんとも荒涼たる精神生活をしているんじゃないか」という疑いを抱きながら、多くの商社マンが支えてきたのである。

この小説を堀田は「日本人であることの大変さは、それはまことに大変なものである。海外駐在の勇者たちの健康を祈る」と結んでいる。

しかし、クアラルンプールで堀田が出会った日本人の紙パルプ業者が放った、「われわれがここを裸にしているあいだに、日本は緑になりますよ」といったセリフは、日本経済の〝原罪〟ともいうべきものを想起させる。

「つまりだ。高付加価値の部分はみな日本や欧米資本の方で独占しておいて、原料だけをよこせ、製品はいまに売りつけてやるからナ、なんていうことがいつまで通用するか、だ。アフリカ横断ハイウェイのプロジェクトにしても、原住民にとって、いったいそれが何だというんだ。銅や鉄の鉱石をつんだダンプがつっ走るだけで、乗用車といえば、うまい汁を吸う少数の官僚や軍人が乗るだけ。その乗用車もこっちが売ってさしあげますよ、という次第だ」

作中の商社マンのこの言葉は、のちの産油国の〝叛乱〟を見越していたとも言える。

こんなユーモラスなシーンもある。しかし、それは〝こちら側〟の見方かもしれない。アレはある貼り薬である。

「アレをどこかの商社が大量にボルネオへ売り込んだんだ。そうしたら、土人諸君のあいだに、別にからだが痛くもかゆくもなくても、アレを買ってベタベタ貼ることが、流行になってしまったんだ。アレを貼ってると文明人になるってことなんだ」

ここに『けいざい問答』と題した堀田善衞経済対談集がある。『エコノミスト』誌に連載され、一九七三年春に文藝春秋から刊行されたものである。

当時の日本航空の社長からサントリーの社長まで、学者や政治家を含む一七人と対談した堀田は「あと始末」の結びに、「私のような、経済どころか、『けいざい』についてさえも、もともとチンプンカンプンの者が、『経済』とまで行かなくても、せめて『けいざい』くらいのところはわかりたいものだ、と思い立ったのは、やはり海外を旅して歩いてみて、日本経済という化け物の進出の、聞きしにまさる物凄さを痛感したところからである」と書いている。

そして、資源戦争、猛烈社員、株の暴落暴騰、沖縄復帰等々、「目のまわるような世のうつりゆき」に、一種の目まい感におそわれながら、対談をしたと告白している。

しかし、経済といっても、すべては人間が動かしているものであり、人間へのどれだけの深い省察があるかで、経済現象への洞察と対応も決まるのである。

当時、一橋大学の学長だった都留重人との対談で、堀田はこんなことを言っている。

「いま日本でチュメニ油田からパイプラインを敷設して石油を持ってくるなんていってるでしょう。ところがパイプラインを敷設しますと、トナカイの大きなやつが方々へ移動しながら食べ物を追って歩くのが、パイプラインへ到達するとそこでパタッと止まって皆死んじゃう。ポンと飛び越えればいいけれども、ちょうど牧場で馬や牛が柵があると越えないのと同じで、そこで止まっちゃう。だからパイプラインを敷くのはいいが、トナカイをどうするかというたいへんな問題があるようですね」

堀田には『インドで考えたこと』や『キューバ紀行』(共に岩波新書)等の名エッセイがある。堀田はキューバで、「ある晴れがましい気持を与える」「気持のよい話」を聞いた。つまり、黒澤明の映画『用心棒』は、カストロをモデルにしたものではないか、と映画狂の通訳に打ち明けられたというのである。

彼は「用心棒」=カストロ説をこう解説したとか。

一つの村で二組のギャングが張りあっていて、村人たちが困っていたところへ、〝用心棒〟の三船敏郎が入って来て、一度は失敗して村はずれの御堂にとじこもるが、そこで策を練り直し、村人と力を合わせて、遂に二組のギャングを退治する。カストロも一度失敗し、シエラマエストラの山にこもっているし、二組のギャングはバチスタ独裁政権とアメリカの植民地資本ということになる。革命は神経質なものではないというが、堀田も神経質な作家ではなかった。

28 未知の商戦と孤独

『忘れられたオフィス』植田草介 著

「深いためいきの出るような孤独と闘いながら、ジンバブエで未知の商戦を繰りひろげる主人公たち。どんな商いができるかもわからないままゴングが鳴り、とにかく彼らは目一杯、走り始める。

本社は勝手なことを言ってくるが、数字の裏でコンピューターにインプットされることのない個人の流す汗まで読みとろうとはしない。

自らがこのジンバブエに赴任していた植田は、新人とは思えないほど巧みなペンで、遠いアフリカに働く商社マンの切なさを描いている。これは城山三郎の名作『真昼のワンマン・オフィス』に匹敵する秀作である。」

一九八七年に講談社から、この小説が出た時、私はこう推薦文を書いた。たしか、『遠いアフリカ』という題名も植田は考えたと聞いたが、アメリカとアフリカ、つまり、ニューヨークとジンバブエという対照的な土地に暮らした植田の、遣り場のない寂寥がページの背後から立ちのぼってくる。

商社マンはどこへ行っても、その任地の国と国民を好きにならなければ良い仕事はできないと信ずる現地派が、アフリカとなると、途端に尻込みして日本執着派に変わる。

そんな会話の中で、主人公の五代英二が反発するように、こう語る。

「それはそうだろう。アフリカとアメリカはフとメのたった一字違いだが、全ての面で天国と地獄程の差があるんだ。変節する連中をいちがいに非難はできないさ」

しかし、おまえを本物の現地派と見込んで推薦したと言われて、五代は断れなくなった。誰かが行かなければならない。それはわかるが、どうして自分なのか。

そんな思いを抱きつつ、彼は「二十数万人の白人が七百五十万人の黒人を支配」する、日本の「まだどの商社の色も付いていない国」へ出かける。左遷人事にふてくされて何もしないでいようかとも思ったが、そこまでは開き直れなかった。

「商社マンというのは、馬にたとえればサラブレッドだ。哀しいことだが、競走の場にほうり出されれば、走り出すんだよ。息が切れるまで目一杯走ってしまう」

学生時代の友人で、やはり商社マンとなった井上にこう言われて、五代は小さく頷く。

世界各地で商社マンが襲われる事件も起こるが、「現代の傭い兵」である彼らは、それでも出かけて行くのである。

「電話は申し込んでから二、三カ月待ち」で「テレックスは二年待ち」だった地へも……。

日本の感覚で商売というと、民間対民間の取引を想像する。しかし、そうした国では、およそ民間などというものはない。つまりは「国」がビジネスの相手となる。それも組織の定まったものを想像してはいけない。

すべての感覚を「アフリカ用」に変えなければならない日々を、最初は単身赴任で過ごして、五代は「大声で独り言をいう」ようになった。

「すべてがゆっくりと回転するアフリカで、五代の気持ちだけが、旋盤のように軋みを立てて空しく高速回転を続けていた」

こうした描写に、それを体験した著者の、余人では絶対書けない思いがにじみ出ている。それが強烈な塩味となって、この小説を引き締めているのである。五代に託して植田が、どんなにアフリカの大地に無念と寂莫の涙を流したかが、読者の胸に伝わってくる。

父親が病気になった時も、五代は帰国できなかった。

「会社は、おじいちゃんが死んだときか危篤のときか、そのどちらか一回だけに限って会社の費用で日本へ帰国することを認めているんだよ」

長男の問いかけに、五代はこう答える。

やはり、商社マン（に限らず、日本のビジネスマン全部が）は「現代の傭い兵」なのだろう。生活のすべてにわたって〝雇い主〟に束縛されている。五代夫人の絵里子が、「費用を自己負担すれば、万一の場合にはもう一度帰国できるってことでしょう？」と質問するが、五代は、「それはそうだ。しかし、ワンマン・オフィスの所長がそう度々帰国する訳にもいかないさ。俺が居なくなれば、ハラーレ出張所は開店休業になってしまうからね」と言うのだった。

最初に「会社ありき」、もしくは「仕事ありき」なのである。こうしたビジネスマンの苦闘に、では、政治は応えているのか。私は具体的なバックアップのことを言っているのではない。最低限、やるべきことをやっているか、と問いたいのである。

植田が知ったら憤激するようなニュースがあった。

そのころ行なわれた南アフリカのマンデラ大統領就任式に、日本からは当時の首相、羽田孜や外相の柿沢弘治は出席せず、元防衛庁長官の中西啓介だけが出席した。初の黒人大統領の誕生を祝って、アメリカからは副大統領のゴア、大統領夫人のヒラリー、商務長官のブラウンら、総勢六五人が参加していたというのにである。

羽田も柿沢も忙しかったのではない。そのころ羽田はヨーロッパを訪問していた。だから、出席できないわけではなかった。つまりは、そうした人権感覚、あるいは外交感覚がないのである。

それだけに、五代ら商社マンの苦悩はさらに深まるだろう。そして、遣り場のない怒りが心の底に沈澱していくに違いない。

商社マンの物語では、山崎豊子の『不毛地帯』(新潮文庫)もある。そこでは、伊藤忠の瀬島龍三や日商岩井の海部八郎と思しき人間が活躍する。

29 日本人であること

『炎熱商人』深田祐介 著

一九八三年一月一日発行の『元比島在留邦人マニラ会会報』に「深田さんの『炎熱商人』で篠田先生の消息が判明」とある。

『炎熱商人』に登場するマニラ日本人小学校の「篠田先生」(実名、篠田清)が健在で、神奈川県の茅ヶ崎に住んでいることがわかったというのである。

「篠田先生は昭和一五年から一九年末までマニラ日本人小学校に勤務され、戦後は、神奈川県の小学校長を長く務められたあと退職されたが、マニラでの教え子のことが忘れられず、何とか知りたいと思い暮らされていたところ、友人から「〝炎熱商人〟のなかに君のことが書いてある」と知らされ早速、著者の深田さんに手紙を書かれた」

これは一九八二年秋のことである。この結果、篠田先生と教え子たちは三八年ぶりに会うことができたが、驚いたのは深田だった。

この小説の取材のために、深田は旧マニラ日本人小学校の教師や卒業生、フィリピンの各大学の卒業生、そして軍人など一〇〇人近い人にインタビューしたが、篠田先生の消息はわからなかったので、小説では「死んだ」ことにしていた。それが「生き返った」のだ。

前記の会報には「本書はすでに会員の皆さんはほとんどがお読みになっていることと思いま

す。／会員ならすぐだれと分かる登場人物が随所にあって、まことに興味津々。／本書が、一般の日本人にさきの比島での戦争がどのようなものであったかを知らせ、またフィリピンとフィリピン人を身近なものにした功績ははかり知れないものがあろう」とある。

　この小説は、フィリピンだけでなく、インドネシア、マレーシアなど、東南アジア各地でバイブルのように読まれ、深田のところには在留邦人の要請で講演依頼が相次いだ。

「『炎熱商人』についてと言われても、みんな小説に書いちゃったんですけどね」

深田は当時、眼鏡の奥の大きな眼を動かしながら、そう言って苦笑していた。

　この小説には、「鴻田貿易マニラ事務所」の「小寺所長」と「篠田先生」の他に、もう一人、魅力的な日本人が登場する。「馬場憲兵大尉」である。

　憲兵にいいイメージを持っていない日本の読者から、深田は、しばしば、「馬場のような理想家肌の温情的憲兵が実際にいたのか」という質問を受けたが、現地人と深くつきあってゲリラ活動の実態を探らなければならない、たとえばフィリピン分隊の憲兵は、一般の兵士たちから、「憲兵のやつらは、土人とばかり交際《つきあ》いやがって、アカだ」と、現在では想像できないような悪口を言われるほど、現地人と親しんでいた。

　とは言っても、馬場のような憲兵は、ごく少数だったろう。深田は、馬場が「白人の覇道に対するに、東洋人の王道、彼の暴力に対するに我の徳」を説く石原莞爾の東亜連盟思想に共鳴する人間にした。しかし、そうした「理想」と「現実」の間には埋められない落差があった。この小説の取材のために何度かフィリピンを訪れて、深田が改めて思い知らされたのは戦争の傷痕の深さだった。

作中で、日本人と親しくなった娘に、フィリピンの母親は言う。

「戦時中、日本人がこのフィリッピンでなにをしたか、学校で習ったでしょう。マニラの市街戦のときは、赤ん坊を空に放り投げて、銃剣で刺し殺したのよ」

この小説に登場する現地雇用社員、フランク・佐藤には明確にモデルがある。日本名、佐藤浩として出てくるこの日本人とフィリピン人の間に生まれた男の実名はチャーリー・渡辺。深田にとって、自分と同じ年のチャーリーと会えたことが、この小説の骨組みを考える上で決定的だった。

渡辺というおもしろい男がいると聞いた深田は、現地を訪れて彼に会い、彼が日本軍の少年通訳をしていた頃の話を聞いたり、米軍上陸で追われた山中とかを一緒に歩いたりした。日本兵が住民を虐殺した場所や自決した場所もたどったのである。

小説には、フランクが小学生の頃を回想して、「あの頃、おれは間違いなく日本人だったんだな」とつぶやく場面がある。

「アジアは一つ」と言って、日本は台湾やフィリピンを征服した。

「フィリピンはカトリックだし、ビルマは仏教。インドネシアは回教ですからね。宗教一つとってもアジアは一つではない。あのスローガンはどれだけ誤解をもたらしたか……」と述懐する深田は、『炎熱商人』で民族の原罪ともいうべきものを書こうとした。

深田はこの作品で直木賞を受賞した後の『虐殺』で、フィリピン人を救ったクリスチャンの軍属に対して、フィリピン女性がそれを知りながらも、「彼は死刑に値します。なぜなら、彼は日本人だから」と断言する場面を描いている。

一九七一年一一月二一日の白昼、マニラ市郊外で、ある商社の事務所長が三人組のフィリピン人にライフルを乱射されて殺された。

深田はこの事件に触発されて、特にアジアに於て「日本人であることはどういうことか」を『炎熱商人』に造型した。

この所長がモデルの小寺は「人あたりが柔らかいうえに、率直な性格で、しょっちゅう現地社員に気さくに声をかけ、昼めしに誘いだしたりする」人だった。深田の描写を借りれば「たとえ日本商社の全支店長が暗殺の対象になったとしても、ただひとり銃口を向けられずにすむ筈」の理想主義者だった。

小寺は城山三郎と東京商大で同期だった。そこで深田は城山に〝仁義〟を切り、城山がこれについては書く気がないことを確かめて創作にとりかかった。

30 取引先の破綻と回収

『商社審査部25時』高任和夫 著

一九八五年暮に商事法務研究会という地味な出版社から出されたこの小説は、アッという間に東京の大手書店のベストセラーになった。倒産会社の再建や、船の差し押さえ、債権回収などの知られざるエピソードをスリリングに描いているからだが、何よりもそこに商社マンにしておくのは惜しいほどの「作家の眼」が光っていたからである。

高任はその後に出したエッセイ集『四十代は男の峠』(講談社)に、「四十を過ぎたというのに、惑いっぱなしで」、かつての上司に「いまの時代は四十キョロキョロ、五十ウロウロと言うんだ」と慰められている三井物産審査部部長代理の自分が、あるOBとこんな会話をかわしたと書いている。

練達の上司が地方に転出し、「ふっと迷ったとき、その迷いをぶつける相手がいないというのは、意外につらい」とこぼしたら、そのOBは、「上司の仕事というものは、部下の悩みを預かって、その男を表舞台に送り出し、思う存分腕をふるわせるところにあるんだな。彼がいなくなって、君はげた箱を失ったのかもしれん」と上司＝げた箱論を展開し、「耐えて自らげた箱となれ」と語ったという。

『商社審査部25時』

こうしたエッセイを書く高任の小説がおもしろくないはずがない。「知られざる戦士」である商社の審査マンに光を当て、この小説を書いた時、高任は課長代理だった。

小説の主人公の千草は四二歳の課長で、有力興信所からの信用不安情報をキャッチして、すぐに手を打ったり、二億六〇〇〇万円ほどの債権をもつ資材会社の更生に奔命したりする。

「短い睡眠で疲労を溶かし、体力を回復することは、もう困難になっている。／そして、軽度の肝機能障害——」

高任は千草をこう描写しているが、サラリーマンが企業を舞台にした小説を書くと、たいてい主人公と作者を同一視される。この作品の場合も、例外ではなかった。

出た当時、主人公は作者の分身なのかと問われて、「そう思われるのがイヤで、千草の年齢も僕より五歳くらい上にし、職制も課長にしたんです。雑誌に連載し始めたころは、僕は課長代理でしたからね。ところが、連載の途中で課長になってしまった」と答えている。

結局、単行本となって出た時には、作者とほぼ等身大の主人公になってしまっていた。モデルを推測されないよう、注意して書き始めたら、結果的に似たものになってしまった——。

もちろん、将棋が好きなこととか、酒が好きなこととか、主人公に投影された作者の部分はいろいろある。しかし、具体的事件はあくまでもさまざまなケースを基にしたフィクションである。細部にはノンフィクションがまぎれこんでいるとしても、構図はフィクションなのだ。

だから高任は、「ノンフィクションと受けとられても、しょうがない」と苦笑しながら、「会社でやった仕事をネタにして小説を書くのは、そこが一番辛いのです」と強調する。

『商事法務』という硬い雑誌にこれを連載し始める時も、担当副社長まで了解を求めたら、「モデルをつくらないように」と念を押された。

似ている人間がいた場合は、良く書けば、「あの野郎、あいつのゴマすってる」と言われるし、悪く書けば、「オレのことを悪く書きやがって」と言われる。

どっちに転んでも、いいことはないのである。

東北大学の学生時代に、スペイン内乱をテーマにした「夏の日」で『河北新報』の懸賞小説に入選したこともある高任は、フレデリック・フォーサイスやアーサー・ヘイリーなどの小説を読み、丸谷才一の『文章読本』を二〇回ほど読んで磨きかけた表現力を駆使して、この作品を書き上げた。それは次のような審査部長と千草の電話でのヤリトリに最もよく表れる。

――それはともかく、千草君。私としては、今日、二つの発見をして、安堵しているところだよ。

「というと？」

――苦闘している君には悪いがね。どうやら君や小早川にも弱点があるようだな。つまり、シミュレーションの範囲を超えた奇想天外な要素が出てくると、かなり困惑する性《たち》のようだ。

『商社審査部25時』


インテリ共通の性癖だろうがな。それが一つ。

「つまり、部下の弱点を知って安堵した……」

——まあ、そう怒りなさんな。上司というものはな、部下が優秀であればあるほど、その弱点をみて不思議に安心するものなのだ。それが上司の最高の精神安定剤なのだな。これは覚えておいた方がいい。もっともこんな知識は、君のようなタイプの男には不要かもしれんがね。

千草とこの審査部長は、前にも、こんなヤリトリをしていた。

——そうかな？　君はまだ何枚かカードを伏せているような気がするがね。

「さっきおっしゃったとおりに思っていただくしかありませんね」

——何といったかな？

「部下を信頼するしかない、と」

高橋治の『風の盆恋歌』(新潮文庫)は、新聞記者がライバルとの争いに負け、恋に陥って職場から去っていく話だが、高任の胸をキュンとさせた。

高任によれば、トップでなく、ふつうの人を描く小説は「胸がキュンとなるようなところ」があるという。高任には『過労病棟』(講談社文庫)という作品もあるが、これはオレのことだと読者を思わせる胸キュン小説である。

31 安宅産業の消滅

『空の城』 松本清張 著

一九七七年九月三〇日夕、安宅産業労働組合の解散パーティが開かれた。あいさつに立った書記長の松丸了は、その胸の思いをぶつけるように、「一年九カ月にわたり、〝合併〟という名のもとに、住友銀行が強行した安宅の解体は、文字通りの生体解剖であり、日本の経営史上でもはじめて経験する企業破壊であった」と言い切った。

翌一〇月一日、安宅は伊藤忠商事に合併され、その名は消える。〝合併〟の立役者の一人だった住友銀行の磯田一郎は、合併について、「一〇〇〇億円をドブに捨てた」と言ったが、しかし、住銀にとって、得たものはなかったのか。

世界に冠たるソーゴーショーシャは「ラーメンからミサイルまで」と言われたように、さまざまな物の流通にタッチする。しかし、確実に儲かる収益源となってきたのは、鉄鋼についての〝眠り口銭〟と商社金融だった。つまり、商社は銀行のマネをして稼いできたのである。しかも、銀行が危なくて貸せないところに、商社は銀行からカネを借りて融資する。それで、銀行は利子という名のアガリを取ってきた。

ともあれ、松本はこの安宅解体を『空の城』という一〇〇〇枚の大作に描いた。その中で松

『空の城』

本は、安宅産業こと江坂産業の崩壊を、一九一二年四月、大西洋に漂流していた氷山に衝突して沈んだイギリスの豪華客船タイタニック号の悲劇になぞらえて、次のように書いている。

「タイタニック号の沈没は、彼女がロンドンからニューヨークへの処女航海の旅に出て五日目の夜だった。この船は当時世界最大の巨船というだけでなく、世界で最も豪華を誇る客船であった。氷山は船底をペーパーナイフのように裂いて闇の中に去ったが、船客に与えたその鈍い衝撃は、事態の深刻さをさとらせなかった。かりに氷山の一角を擦ったとしても、まさかこの世界一の巨船がそのために沈むとはだれも思わなかった。状況の真相をつかんでいたのは船底近い機関室に働く船員だったが、船長は客に混乱を与えないためにこれをしばらく秘しておいた。乗客にとって世界一巨船の旅はピクニックのようなものだったから、デッキ・スチュワードが「ただ氷山にちょっと触れただけなんです。そしてもう通り過ぎました」と客に言ったときも、客たちはほとんど無関心にうけとって談笑をつづけた。氷山にちょっとふれただけで、この巨船が他愛もなく沈むとはだれもが思っていなかったし、地上のように安泰だとみんなが信じていた。「神さまでもこの船は沈められませんよ」と出航のとき船員は客たちに保証していた。その巨船が沈んだのである。少なくとも千五百名以上の乗客・乗組員の生命が船と運命を共にした。最後まで船は沈まないと信じて」

安宅産業はタイタニック号のような「巨船」ではなかったにしても、世界に冠たる総合商社の一つであり、三六〇〇名の誰もが沈むなどとは思ってもいなかった。

年商二兆円の商いをし、一〇大商社の一角を占めてきた安宅産業が、なぜ崩壊したか。

「石橋を叩いても渡らない」という堅実商法の看板とは異質なＮＲＣ(ニューファンドランド・リファイニング・カンパニー)プロジェクトの失敗は、あくまでもそのキッカケにすぎないと私は思う。やはり、崩壊の原因は安宅家とそのファミリーの存在にあった。

一九〇四年に安宅産業を創業し、官営八幡製鉄の指定商社として国内鉄鋼市場に強力な地盤を築きあげた安宅弥吉。この名事業家も息子の英一にはことのほか甘かった。

小さいころ、大阪の邸宅で、英一が「東京名物を食べたい」とねだると、弥吉は直ちに秘書に長距離電話をかけさせ、時には飛行機でそれを取り寄せさせたといわれる。

この英一が長じて安宅産業の相談役社賓となり、専横をふるう。『空の城』では、社主・江坂要造となっているが、「要造は営業はもとより社の運営にたいしてはほとんどといっていいほど干渉しない。そのかわり人事権をかたく握っている。持株が二パーセントにも満たない社主なのに百パーセントの人事権を掌握している」のである。

この「社賓」によって、たとえば一九六九年、当時社長だった越田左多男(小説では浜島幹男)は社長の座を追われる。ＮＨＫ取材班の『ある総合商社の挫折』(現代教養文庫)によれば、「英一さん、むやみに社内人事に口をはさむのはやめてもらえないだろうか。今のように私の考えた人事がスムーズに実現しない事態が続くと、社長として責任をもった経営ができない」と越田が言い、それに対して英一は、「越田さん、あなたがそう思うなら、社長をおやめになればよいでしょう」と言ったという。

その三年前に越田が社長になる時、英一との間には「役員人事は相談するが、一般社員の人事については社長に任せる」という暗黙の了解があったのだというが、英一の人事介入は役員から一般社員にまで及んだ。そして重要人事が理由もわからないままに棚ざらしになり、それを英一に了解してもらうために、英一のほしがっている高価な陶磁器をやむを得ず買うという事態になった。それは歯止めのない浪費だった。その成果が、世にいう「安宅コレクション」である。

そんな英一のもう一つの夢が、息子の昭弥を社長にすることだった。昭弥は三二歳で取締役となり、解体当時は専務になっていたが、この息子もまた、社費でクラシック・カーなどを買っていた。

こうした専横がなぜ許されたのか。その秘密を解き明かすのが〝安宅ファミリー〟と呼ばれるスパイ組織の存在である。その詳細については小説に譲ろう。

32 「水潟病」の原因究明
『海の牙』水上　勉著

水上は「あとがき」にこう書いている。

「この当時『水俣病』といっても知らない人も多く、それは左翼政党の名の通った人の中にもいたことにおどろかされた。まったく、この昭和三四、五年頃の水俣病患者はみじめで、今日のような(再刊時の昭和四七年を指す)脚光も、関心もあびていなくて、被害者は訴えるすべもなく、悶絶する労苦をなめながら、はるか熊本県の片隅で死んでいったのである」

水上がこの小説を出したのは一九六〇年の春だった。翌年、『雁の寺』で直木賞を受賞する。流浪の果てに作家となった水上は、四〇代になったばかりだった。

探偵作家クラブ賞を受けたこの作品は、当時、「まだ作家というには初顔で、文壇にも出ておらず、原稿注文もない境遇だった」水上が、ＮＨＫのテレビで熊本県水俣市に起った奇病を知り、現地へ飛んで、「この世の地獄を這いまわる」患者に衝撃を受けて書いた。

手足はしびれ、骨と皮ばかりになっている患者を前に、そのころ、新日本窒素肥料(現チッソ)は工場廃液が原因ではないと強硬に主張し、学者の中にも風土病説を唱える者などがいて、はっきりと因果関係を断定できる段階ではなかった。

しかし、水上は「病気の原因は廃液である」という立場でこの作品を書いている。当時で、すでに五〇人近い死者が出ていた。

「これは、白昼堂々と、大衆の面前で演ぜられている殺人事件ではないか」

こう思った水上は、その後、出版社主催の講演で「人を殺すはなし」と題して、このことを訴え続けた。小説の中で「水俣病」ではなく「水潟病」となっているのは、昭和電工がやはり新潟県阿賀野川の上流で同じようなことをしていることを知っていたからである。それで、水俣の水と新潟の潟をとって「水潟」としたのだが、その後まもなく、新潟水俣病が問題になろうとは夢にも思わなかった。

作品に登場する良心的な保険医が、この奇病を追跡し、殺される。そして、結城宗市という名のその医者の手になる『水潟に起きたる原因不明の食中毒を探訪するの記録』と書かれたノートだけが遺された。

たぶん、水上は当時、その存在を知らなかったと思うが、一九九五年四月二二日付『朝日新聞』のシリーズ「豊かさの中で・負の誕生」に、一人の医師が出て来る。新日本窒素水俣工場の付属病院長だった細川一である。一九五六年に患者を見つけた細川は、熊本大学医学部研究班(原田正純ら)が五九年夏に有機水銀説を打ち出すと、その当否をはっきりさせるべく、ひそかに工場の排水をエサに混ぜて、ネコに与え始める。結果はクロだった。熊本大学への反論書を作成していた工場の幹部は驚き、「もっと調べてからにしましょう」と細川を説得する。
「利潤追求のみを考える工場と、生命尊重を第一主義とする小生との間には、思想的に相いれないものがあった」

これが細川がメモに残した言葉である。

作中では、漁民の総決起大会が開かれ、ある漁民がこう訴える。
「工場から流れる毒のために魚は死んだ。その魚を喰った漁師は気狂いになって死んでいる。なぜ工場が毒水をやめてくれないのか、われわれは工場に問いただしに行こう。工場は前回のデモで八人の漁民を告訴している。この人たちの告訴を取り下げねばならない。みんな、工場へ行こう」

前記の『朝日新聞』の記事が興味深い事実を伝える。漁民が押しかけた工場の付属病院長をしていた細川は、退職後の六八年、よく知っていたチッソ専務、入江寛二の訪問を受ける。

水俣工場総務部長時代から細川に畏敬の念をもっていた入江は、そのメモに、「昭和三十二年ごろ、工場長と話し合った。私は大学と手を組んで原因究明に立ち向かうべきではないかと主張した。工場長は因果関係を調べるのは工場の責任ではない。何か説が出た時にそれを検討する事でいいのだというはっきりした見解を私に示した。工場は外部と隔絶していた」と記している。

ところが入江は、のちに裁判で、部下の家で押収されたこのメモについて検事に問われ、こう答えたという。

「当時、精神状態がバランスを失しておりまして、いま考えると、どうしてそういうことを書いたのかと残念に思っております」

水俣病については、企業だけでなく、それを放置した国や県の責任も大きい。しかし、私がこの問題で一番醜悪だと思うのは労働組合である。もちろん、第一組合ではなく第二組合だが、公害反対運動を弾圧する側にまわったクミアイには、決定的に市民感覚が欠けている。

日本の戦後は会社の力が肥大化し、「会社国家」となっていく過程だった。そこにおいて、生産性向上運動に協力して牙をなくしていった労働組合の責任は大きい。会社や市民を汚染しても、自分たちの分け前がふえればいいというエゴイズムに立って、多数派の組合運動は行なわれてきた。その深刻な過ちに、この水俣病問題でこそ気づくべきだったが、逆に会社の番犬と化し、牙なし犬(=連合)となり果てた。東日本大震災で東京電力福島原発があれだけの大事故を起こしても、なお原発をやめようとしない電力総連や電機連合につけるクスリはない。

生活を豊かにするために生産はある。ところが、その生産によって生活が破壊される。原点を忘れた本末転倒がどんな悲惨な結果をもたらしたか。この作品は、水俣病ならぬ「水潟病」の実態をドラマ化しながら、それを鋭く告発している。

33 金融資本としての生保

『遠い約束』夏樹静子 著

「生保は経済界に君臨する巨大な金融資本という顔を持っていますでしょう」

いまから四〇年近く前だが、高校生の娘を持つ母親とはとても思えないほど若くて楚々とした夏樹の唇から、こうした言葉が洩れて、私は一瞬ひるんだ。いささか不意を衝かれたからである。

それで一呼吸おいて、「え、ええ」と相槌を打った。

そうしたこちらの動揺を見すかしたかのように、夏樹は静かに笑い、「私にはヘンな負けん気があって、女には企業は書けないと言われると、企業を書きたくなる。女にはスパイ小説は書けないと言われて、女スパイの活躍する小説を書きましたしね。それとやはり、企業を知りたかった。私はドメスティックなミステリー小説から出発したんですが、男の働く世界を知らなければ、真に家庭も書けないのではないか。それを知らないままでは決定的に限界が来るだろうと思ったんです」と言葉を継いだ。

書くためにはイヤでも取材しなければならない。しかし、学生時代にすでに婚約していて、就職試験を受けたこともない夏樹には、たとえば社長がどんな顔をして働いているのか、秘書が社長に対してどんな物言いをするのかといったことが、皆目わからなかった。

夏樹の結婚した相手は出光佐三の甥で、新出光石油の役員の出光芳秀であり、だから、部下が家に来ることもあるが、そこで彼らが見せる顔は仕事をしている時の顔ではない。

このように、『遠い約束』のできばえからは信じられないような未知の地点から、夏樹はスタートした。

「いのちと取っかえっこのおカネ」をもらう生命保険には、ズーッと前から興味があった。しかし、推理小説の犯罪の動機設定等に使われる以外の側面があるのではないか。そう思って資料を読みあさり、勧誘などで庶民に見せる顔の他に、巨大な金融資本としての顔があることを〝発見〟したのである。

それからは、トップの会長から、企画部長、外務員研修所長、調査員、支部長、女性外務員など各社の多くの人に会って取材した。

『遠い約束』を読んだある生保会社の社員は「全体としては生保にとってやはりマイナス・イメージになるのだろうが、残念ながら明らかにこれは間違いだと指摘できる箇所は一つもない」と言った。それを伝えると夏樹は、「ありがとうございます。そう言っていただくと嬉しいです」と頭を下げた。

しかし、頭を下げるべきはわれわれ読者、中でも保険業界の人だろう。複雑な保険のしくみや業界事情を、わかりやすく、そしておもしろく書いてくれたのである。

夏樹は、この小説の中の国民生命保険を、相互会社にするか、株式会社にするか、最後まで迷った。結局、会長と社長が対立して、お互いに株を買い集めるという設定のために株式会社にしたが、いまは「保険会社の主流である相互会社にして別の展開にすればよかったかな」とも思うという。

だから、「国民生命」はどこをモデルにしたものでもない。住友生命が戦後の一時期、財閥名を使えなくなった時に国民生命と名のっていたからといって、同社がモデルでもない。企業としても人物としてもモデルはないのである。

ただ、「濠会長」が殺される場面では、取材に応じてくれたある生保の会長室を使わせてもらった。巨大な本社ビルの最上階にある会長室を訪ねたことなど、夏樹はまったくなかったからだ。その結果、小説の中とはいえ、親切に取材に応じてくれた「会長」を殺してしまうようなことになってしまった。

内心、忸怩としながら、夏樹は掲載誌を送ることができなかった。しかし、意を決して、単行本になった時に送った。それを読んだ会長が、「とってもよく書けてるよ」と言ったと聞いて、夏樹はホッとした。

「日本の保険契約高は、アメリカに次いで世界第二位。国民所得に対する比率では世界第一位。現在日本の全世帯のうち、十軒に九軒がなんらかの生命保険に加入している。日本人は無

『遠い約束』

類の保険好きらしい」といった新聞記事を読んで、夏樹は生保をテーマにした小説を書こうと思った。

私がこの作品について『夕刊フジ』に書いた一九八二年当時の資料だが、国民所得に対する保有契約高の割合は日本が二七七・五%で、二位のカナダの一六八・七%、三位のアメリカの一五四・一%を大きく引き離している。以下、オランダ、スウェーデン、イスラエル、オーストラリアとつづく。

各種の保険で、夏樹が特におもしろいと思ったのは、役員保険とか事業保険とか呼ばれる、会社が役員にかける生命保険だった。

優秀な経営者を失えば、それに代わる人材を補充するために多額の費用がかかるから、彼らの命に保険をかけておく。また一方、生保側が融資の交換条件として役員保険の契約をしてもらう。生保としても、融資先の経営者が突然亡くなった時、それに対する備えがなければ、貸付金を回収しにくくなるからである。

生保は、福沢諭吉が『西洋旅案内』の中で「人の生涯請合」として紹介したことによって日本に入ってきたが、まさしく、人の死を媒介とした「遠い約束」である。この見事な題名を、夏樹は新幹線の中で思いついた。「いのちの値段」というのも考えたが、ふわっとリリックな名前で、実は企業小説というのが粋なんじゃないか、と思ったという。

34 ホテルは社会の裏方

『銀の虚城《ホテル》』森村誠一著

不夜城の如く浮かびあがる巨大ホテルに、タクシーが吸い込まれるように入って行き、そしてまた、客を乗せて帰って来る。

東京都千代田区紀尾井町のホテル・ニューオータニの前で、私はしばらく、この光景を眺めていた。大ホテルのある種の不気味さは、やはり、夜になると、いっそう〝輝き〟を増す。ここに森村は勤めていた。そこへ、青樹社の編集長だった那須英三が訪ねる。

「私は外人がひっきりなしに出入りするホテルなんて好きじゃなかったけれど、森村君に会うために行きましたよ。彼は黒い服を着てフロントに立っていましたね。緊張のためかコワイ顔をしていましたが」

こう語る那須は、森村の「人生とか企業に対する何とも言えん強烈な反発心」に打たれて、まったく無名だった森村の本を出した。

森村の登場によって源氏鶏太から森村へ、サラリーマン小説の看板は激越に塗りかえられた。「ここまで書いていいのかな」と那須が心配したほど、森村の小説には熱い怒りの火が燃えていた。この火力源は、森村の一〇年間のホテルマン生活によって蓄えられた。

森村によれば、社会の裏方に立つ企業であるホテルに勤める人間の欲求不満は二重になるという。まず、「お客さまは神様」であり、絶対に反抗できない。そのため、従業員同士の人間関係は陰湿になる。お客にどなられて、そのウップンを部下で晴らすといった、こもったものになりがちなのだ。

「バーに行けば半村良、ホテルに行けば森村誠一みたいのがいるんでは、気がゆるめられないな」と吉行淳之介は言ったそうだが、半村良は作家になる前はバーテンをしていた。

『悪魔の飽食』(光文社)の問題でマスコミに追われた日々の昼下がり、ホテル・オークラのティー・ルームで、森村は吉行の話を紹介した後、明るく笑いながら、「私にいろいろなことを知られて、戦々兢々としている連中が多いようですが、忍者が雇い主の秘密を握っても言わないように、私もそれを明かしません。ホテルマンは、お客の横暴に耐え忍ぶという意味でも忍者です」と言って、〝それらの人々〟を安心させた。

しかし、森村のペンを恐れているのは作家たちばかりではない。たとえば『銀の虚城《ホテル》』には、こんな場面がある。

「ホテル大東京」に女を連れこんだ「菱井銀行副頭取のご令息」が満室だと断られ、居丈高になってフロントのクラークに罵言雑言を浴びせた挙句、「おぼえていろよ、俺は常務の知合なんだ。ただじゃすまねぇぞ」と捨てゼリフを吐いて去るのである。

これも森村の体験談を基にしているが、事実はちょっと違っていた。「ご令息」は銀行副頭取のではなく、ある大手商社の重役の息子だった。そのドラ息子が酔っ払って女を連れ込み、宿泊を断られてフロントのガラスを叩き割った。そして、「俺は支配人を知ってるんだ。お前なんか、すぐにでもクビにできるんだぞ」と言って暴れるので、麹町署に突き出し、器物損壊罪で訴えた。それであわてて、そのドラの母親が飛んで来た。ドラは縁談が決まっていたのである。母親は文字通り、カーペットに土下座して謝った。

その時は、何か、自分の方が悪いことをしているような気になったというが、その母親と息子も、森村に恐怖の念を抱いているだろう。森村にとって、『銀の虚城』は「自分のホテルマン体験がほとんど入っている一番愛着のある作品」である。

そのエピグラムには「ホテル商品たる客室は一夜毎に腐る。テレビや自動車のような有形商品と異なり、今日売れなければストックして明日売ることが出来ない。今日売れなかった今日分の客室は永久に売り損ったのである。それは一日で生命を終る蜉蝣《かげろう》のような商品である」とある。そのため、オーバー・ブッキングといって予約を収容客以上にとることがある。ノー・ショウ（無断キャンセル）を見越して、そうするのである。しかし、ノー・ショウがなかったら、どうなるか？

小説では、高目にオーバー・ブッキングして、わざとパンクさせる企みが描かれているが、これは小説の中のことで、実際にそうなったら大変なことになる。

森村も、かつて、パンク寸前のフロントにいて、生きた心地がしなかったことがあった。森村が危惧した通り、その時はやはりパンクして、宿泊できなかった客から、国際電話が通ぜず、商談がこわれたとして、五〇〇万円の損害賠償を請求された。その後、オーバー・ブッキングの比率が二〇％から一〇％くらいに下げられたとか。

スキッパーと呼ぶ無銭宿泊飲食客を捕捉するために、支払いがたまってくると、ホテルでは、時々、ルームチェックをする。この時、見るのは室内に生活の痕跡があるかどうかで、ライト・パッケージ（軽い荷物）だと要注意である。スキッパーはスキッパーでも、ピンク・スキッパーにホテルは頭を痛める。いわゆるコールガールだ。特に新しいホテルは取り締まりがゆるいので、コールガールのたまり場になりやすい。

ホテル・ニューオータニの社長だった大谷米一は、「ホテルもデパートと同じで、人さえ来てくれれば、コーヒー一杯でもカネになる」と語っているが、やはりピンク・スキッパーは歓迎できない客だろう。

森村が都市センターホテルに勤めていた頃、梶山がそこを仕事場にしていて、森村が〝もぐりの弟子〟となった話は有名だから割愛する。

35　患者ファーストは可能か

『MR』久坂部羊 著

「患者が苦しめば苦しむほど、俺たちの給料は上がるんだよ」とオビに謳うこの作品は「医薬業界の光と影を描いた医療ビジネス・エンタテインメント」である。

MRとはメディカル・リプレゼンタティブの略で、医薬情報担当者と訳される。かつては宣伝担当者(プロパガンディスト)の意味でプロパーと呼ばれた。医者を相手に製薬業界の営業活動をする。医者への過剰な接待が安全性の無視などにつながったため、一九九三年に「日本製薬工業協会(製薬協)」が自主規制する形でプロモーションコードを作成し、プロパーが厳しいルールの下で活動するMRになった。

しかし、相手にする医者の方が変わったわけではない。また、製薬業界も激しい競争にさらされている。その渦中で苦しむMRの姿が医者でもある久坂部のペンによってクローズアップされる。

「医者ってのは、若いうちから先生先生と奉られるから、成熟した人格形成ができにくい職業なんだ。考えれば気の毒な人種だな」

作中で、あるMRがこう語る。

新聞社から転じて製薬会社に入った女性MRの山田麻弥は、男嫌いで通っている吊り目の美人だが、少し斜めから製薬会社を次のように位置づける。

「会社が儲けることは、世間にとってもいいことなのよ。その利益で次の新薬の研究ができるんだから、大学の研究者だって研究費が必要で、国の科研費なんかではとても足りない。だから、製薬会社が有望なシーズ(研究材料)を選んで、研究支援をするんじゃない。そのためには儲けなきゃいけない。製薬会社以外に薬を供給するところはないんだからね」

専門的な病気についてのウンチクもこの作品の読みどころの一つである。

この作品の舞台となっている準大手の製薬会社、天保薬品の大阪支店・堺営業所長、紀尾中正樹は本当に「患者ファースト」のMRだった。その紀尾中が、心臓と脳以外では梗塞が起こらないことに目をつける。それまで、脳梗塞や心筋梗塞の研究をする者は多かったが、梗塞が起こらない臓器に着目した研究者はいなかった。つまり、腎臓梗塞とか、肝臓梗塞というのは聞いたことがない。それが新薬開発へと展開してゆくのだが、しかし、そうスンナリとは進まない。「敵は本能寺ではなく、社内にあり」だからである。

天保薬品代表取締役社長の万代智介や経営企画担当常務の栗林哲子らの良識派に対して、北摂大学代謝内科教授の八神功治郎などの悪役も活写されている。

それが大部のこの作品を読ませる基となっているのだが、私は最初、製薬業界を描いた作品としては門田泰明の『白い野望』(徳間文庫)を取り上げるつもりだった。

門田は、祖父、祖母、母と、三人の肉親をガンで喪った。祖父が胃ガン、祖母が食道ガン、そして母親が子宮ガンである。厳密に言えば、直接の死因は三人ともガンではなく、たとえば母親の場合は、制ガン剤の副作用による脳出血が原因だった。

火葬場の電気炉から取り出された母親の遺骨は、制ガン剤の影響で玉虫色に輝いていた。それを見た時の背筋が寒くなるような思いを、門田は忘れることができない。

薬というものに対して、われわれは受け身である。製薬会社から医療機関へどういうふうにして薬が流れ、また、その薬はどんなふうにして審査されているのか。〝見えない部分〟があまりに多い。

門田の生来の反骨心は、三人の肉親の死によって火がつけられた。

「僕は聖域を荒らしたいんです。いろいろな汚職事件は氷山の一角で、罪悪感のない金銭のヤリトリに象徴される医者と製薬業界の癒着には深くメスを入れたい」

福々しい顔をキリッと引き締めながら、門田はこう語り、「だから、必然的に〝刺客〟にねらわれる運命にあるんです」と付け加えて破顔大笑した。

『癌病棟のメス』(光文社)以来、〝白い聖域〟を描いてきた門田は、刺客にこそ襲われなかったが、多くの医者から、電話や手紙で、さまざまな反発を受けた。

「何もわからないくせに生意気だ」というヒステリックな反応が多く、九州や東北等の医大の医師七人ほどからは、「あなたの作品を監視します」と言って、小説を出すたびに手紙が来た。なかには、小説の中で医師と人妻が肉体関係を結ぶのを怒って、われわれはそんなことはしない、と言ってくるのもあった。

「これだけでも、いかに聖域か、わかるでしょう」と門田は苦笑した。

しかし、そうした反応が、『大病院が震える日』(光文社)を発表してから、ガラリと変わった。加山雄三主演でテレビドラマ化されたこの小説は、原作、脚本、撮影が同時進行で、加山のイメージに合わせるため、ベッドシーンはなしとか、制約が多かった。

それで、結果的に主人公は「正義感あふれるいい医者」となった。これを見て、定期的に批判がましい手紙をよこしていた前記の七人も「おもしろかった」に変わったというのだから、思えば単純なものである。

『白い野望』は、医者と製薬業界、そして厚生省の〝三角関係〟がドラマチックに描かれている。門田は大手のワクチンメーカーの総務部長だったが、この作品について、ある読者は「医者に迎合しない、きびしい書き方が非常に好感がもてる」と書いてきたという。

『白い野望』と『MR』の間には四〇年の刊行の差があるが、〝白い巨塔〟の体質は変わっていないようである。

『MR』

36 証券界と地下経済

『マネー・ハンター』安田二郎著

『兜町《シマ》の狩人《ハンター》』という題名で、ある中堅出版社から出る予定でゲラまで出たこの作品が途中でストップしたのは、その出版社に大手証券から圧力がかかったからだった。それで亜紀書房から出たが、よく売れて、同社を助けることになった。

では、大手証券は何が怖かったのか？

安田は主人公に、「大衆投資家にとって暴落は常に予期せぬ出来事なんだ。しかし、内部事情に精通している者にとっては、それが計画的な演出であることは否定出来ない。熟柿の落ちる如く見せかけてはいるが、最後の一瞬には、その幹に手をかけて樹をゆさぶる者がいる。相場水準を過当なまでに押し上げて来た連中と、それを一瞬のうちに暴落させる者とは同じ人間たちである場合が多いのだよ」と言わせている。

老舗の地場証券を新興の四大証券が征服し、さらに、その証券界を大蔵官僚が乗っ取って〝官営のカジノ〟にしようとしているという構図が、大手証券のお気に召さなかった。しかし、それがタワゴトなら放っておけばいい。なのに、出版を妨げようとしたのは、かなりの真実を含んでいたからだろう。

『マネー・ハンター』

その後の『兜町崩壊』(廣済堂文庫)についても、こんな話がある。

会社の外で、大手証券の部長に会った時、この小説をすすめられた新聞記者が、次にその証券会社で部長に会った時、「『兜町崩壊』はおもしろかったですねぇ」と言ったら、あたりをはばかるように、「シーッ」と言われたとか。

『マネー・ハンター』から『兜町崩壊』まで、安田の一連の小説は、大手証券では、さわってはならないハレモノのようなものだった。

個人的なモデルのない小説なのに、〝危険視〟されることについて、安田は、「主人公が株で損したとか儲けたとかいうことじゃなくて、証券界そのものが持っている構造的な恥部や暗部を描いているからだろう。個人的中傷なら、名誉毀損で告訴するか、あれはオレじゃないと言えばいい。しかし、構造だから、それはできない。それで、全証券界、証券機構そのものに対する告発として受けとめることになる。オレは、証券界は本来の投機市場としての再生を考えたらどうか、と言っているだけなんだがね」と語った。

『兜町崩壊』は主人公の天王寺証券東京支店長の五代信一郎が加藤暠の逮捕を憤慨する場面から始まる。

「株屋は昔から相場の決着は相場でつけたものだ。相手が気にくわないからといって国税だの検察だのという外部の権力を引っぱりこむようなことはしなかった。それは兜町や北浜が百余年をかけて育んできた命がけのルールだった。だが加藤逮捕はその掟を破ったに等しい。ゲームの途中で選手を拉致したようなものだ」

加藤をよしとするのではないが、つぶし方がアンフェアだというのである。

最初は信用取引を認めておいて、途中から急に、資本金三〇億円以下の第一部上場銘柄を信用取引銘柄からはずしたのは、ゲームの途中で一方的にルールを変えたようなものではないか。

安田は、誠備グループは、表に出せない裏金を持った投資家たちが、その裏金を表金にするためにおカネを持ち寄った投資家集団の一つだとする。そして、その裏金の〝洗濯方法〟について書いている。

いわゆるマネーロンダリングをする洗濯屋の一人が加藤だが、安田によれば、ある株を裏金で買って株価を吊り上げ、合法的に表金にして、裏金を捨てる。ところが、金持ちには意地汚い奴が多く、表金が倍になったら(つまり裏金が表金になったら)裏金を捨てるという約束で始めたのに、裏金も惜しくなって捨てられない奴が出てくるのだとか。そういう奴が〝仲間〟に脱税等で密告されることになる。

証券界が持っている「構造的な闇」あるいは「闇の構造」を小説で暴こうとする安田にとって地下経済の研究は欠かせない。

政府への不信感が強くなると地下経済は大きくなると安田は言い、返せるかどうかわからな

『マネー・ハンター』

い額の国債を発行している日本国家にニセ札犯人を逮捕する資格があるのかと皮肉る。

作中で五代は、兜町と北浜の力の差は情報処理能力の差だと言い、大阪証券取引所の本店会員会社に呼びかけて、共同で東京に証券調査機関を設置しようとする。

「北浜をよみがえらせ、それを風雲急を告げる金融革命から守りぬくため」だったが、実現しなかった。ウソからマコトは生まれなかったのである。

『兜町崩壊』は「華麗なる相場師」岩本栄之助の「その秋をまたでちりゆく紅葉哉」という辞世の句で結ばれる。仲買人仲間の窮状を侠気で救った北浜不世出の恩人、岩本栄之助は、自分が私財を投じた大阪中央公会堂の完成を見ず、相場に敗れて三九歳の若い命を絶った。

岩本がいなかったら、野村徳七も泥にまみれ、今日の野村證券はなかっただろう。岩本は野村と対照的に情で動く男だった——。

安田は「北浜の長老」にこう述懐させている。東京の年配の人たちは、野村證券や大和証券を「関西から東上してきた証券会社」と言うが、「奴らこそ北浜を見捨てたんや。大証信(大阪証券信用)を見てみい。掃き溜めみたいに誠備のケツ拭かしよって」と手きびしい。

安田にすれば「証券界が青息吐息になったら困る」と思って警告しているわけだが、そんな安田を「一発ブン殴ってやろうか」と難癖をつけようとする大手証券の社員もいるらしい。

37 量販よりも鮮度の保持
『小説スーパーマーケット』安土　敏著

はじめに、旧題が『小説流通産業』だったこの作品を読んだある主婦の感想から紹介する。

「まず、読み始めから文章がすらすらと頭の中に入っていけるように、非常に達者なペンの運びを感じました。とても、お勤めのかたわら、お書きになったとは思えませんでした。これは始めから終わりまで変わらず、またプロットも非常に巧みに作られてあって、恋愛らしきものもあり、ホモセクシュアルあり、職場の不正あり……という具合に盛りだくさんで、しかも、どれも小説にとって無駄なものはなく、適度なスリルもあって、次はどうなるのかというおもしろさも充分読者に与えつつ、主人公の香嶋のめざしている新しい型のスーパーマーケットはいかなるものであるのかを読者に知らせてくれました」

作者の安土に寄せられた「普通の家庭の主婦」の感想は、この作品の特徴をズバリと言い当てている。小説としておもしろく、また、男が夢を紡ぐ仕事や職場がどういうものであるかを、女性にもわかりやすく描いている、ということである。

安土は、スーパーマーケットを舞台に「大企業対中小企業」、「所有と経営」、「リーダーシップのあり方」、「仕事と家庭」等を描こうとした。

この作品は、一九八〇年に「他人の城」という題で『販売革新』誌に連載され、翌年に改題されて日本経済新聞社から刊行された。講談社文庫に入る時に、さらに題を改めた。

『小説スーパーマーケット』は、流通戦国時代といわれる中で、スーパーという名の大衆百貨店である大手スーパーとは違って、肉、魚、野菜の生鮮三品を中心に、本格的なスーパーマーケットをつくろうとした人間たちの物語である。

安土敏は、のちにサミットストアの社長になる荒井伸也のペンネームだが、荒井は最初、自分が書いていることを隠した。トップがつまらないものを書いていると言われては士気にかかわると思ったのと、小説の中の「石栄ストア」イコール、サミットストア、主人公の「香嶋良介」イコール、荒井伸也と受け取られては困ると思ったからである。

安土こと荒井、いや、荒井こと安土は、小説に出てくる企業も人物も、できるだけ、実在の企業や人物に似ないよう、注意深く書いた。しかし、生鮮食品の取り扱い方や値引きシールの使い方、あるいは、不正や粉飾の発生しやすいスーパーで起こる「事件」については、現実の事件を借りた。だから、「諸要素においては現実の流通業界と全く一致していて、全体としては現実に存在していないフィクションの世界」を構築したのである。

小説の中で、大企業の「西和銀行」から、まったく未知のスーパーに飛び込む決意をした香嶋は「香嶋がいても、いなくても、西和銀行に何の変化もないだろう。香嶋がいなくなれば、その仕事は、同じような学校を出た、同じ程度の能力を持つ他人によって引き継がれ、何一つ問題なくきちんと処理されてゆくであろう。しかし、石栄ストアは違う」と考える。

ところで、本格的なスーパーマーケットとはどういうものなのか。

「アメリカでは、スーパーマーケットというと、どういうものを指すのでしょう？」

「総合食料品店が、セルフサービス方式をとり入れて、安売り《ディスカウント》をする。そういう業態を指しているようですよ」

「ははあ、スーパーマーケットというのは食料品屋のことなんですね」

小説の中で交わされるこのセリフに「アレッ」と思う読者も多いかもしれない。日本では、スーパーは何でも売っている安売り屋とイメージされているからだ。

しかし、安土によれば、日本の、特に大スーパーは、チェーン化されたディスカウントデパートではあっても、スーパーマーケットではない。「スーパーマーケットは、生鮮食品を中心にして毎日の消費者の食事の材料や惣菜を提供する、もっともっと生活に密着した地道な商売」である。

「今日の日本には、たしかに一千億円以上の売上高を誇るスーパーがどんどん出現しております。しかし、日常の食料品の提供者として見る限り、彼らは最も重要な部分を手抜きしていると言わねばなりません」

作中で、主人公の香嶋は、いささか昂ぶった調子で、こう述べる。

そして、肉、魚、野菜の生鮮食品については、むしろ、量販より鮮度の保持が大事なのだ、と言うのである。その点を、直に安土ならぬ荒井の口から聞こう。

「これまでスーパーという名の大衆百貨店は、大量販売の力をつけて、メーカーから価格決定権を奪い取ることを目標にして来ました。しかし、生鮮食品については職人まかせで、高水準の生鮮食品売り場をつくりあげる技術を開発して来なかったのです。それに対して、関西スーパーの北野祐次社長は生鮮食品に科学的管理方式を採り入れ、職人の包丁さばきに依存しない生鮮食品の管理システムをつくりあげました」

小説の中で、スーパー万来の亀山社長は、どうせ捨てるキズモノ「割引コーナー」がある限り、よい売り場はできないと指摘する。

「堂々と胸を張って売れない商品は、どんなにお客様が望んでも、どんなに安い値段をつけても売ってはいけない」のだ。悪いものは廃棄ロスを気にせずに捨てる一方、鮮度を保つために保鮮庫を備える。

こうした記述からもわかるように、この小説は「単なるセルフサービスの安売り屋やデパートまがいの大型店ではなく、鮮度のよい生鮮食品が安心して買える生活密着型の近代的小売業である」スーパーマーケットのテキストブックとなっており、大変なノウハウ書となっている。

38 食品加工業の暗部

『震える牛』相場英雄 著

真山仁と共に相場はダイヤモンド経済小説大賞の受賞者である。私は選考委員として関わったが故に、相場のその後にはずっと注目してきた。

受賞作は『デフォルト――債務不履行』(角川文庫)で、やはり選考委員の高杉良が文庫化の際の解説を次の選評から書き出している。

「主人公の経済記者・宮島裕の骨太の生き方に共鳴、共感できます。日銀記者クラブのキャップの立場を、御殿女中の日銀マンや日銀総裁、金融担当大臣の狡猾な行動などによって、リアリティを伴って訴えかけます。プロローグの協立証券チーフエコノミスト、沢田真の自殺の真相解明と、宮島や府中純(ヘッジファンド主宰者)らによる復讐劇の筋立ては、読者を作品世界に没入させずにはおかないでしょう。／復讐劇の結末はどうなったかのエピローグも見事です。／宮島の恋人役、城山莉子の存在感にも魅了され、金融担当大臣らの失脚にも奇妙なリアリティがあります。／近来にない読み応えのある経済小説の誕生に喝采を送ります」

まさに絶讃だが、安土敏、幸田真音という他の選考委員も同じ評価だった。

高杉は「解説」を書くために再読したが、「巻措く能わず一気に読ませる作者の力量に改めて唸らされた」とし、「読者はストーリーのテンポの良さ、スピード感に、良質な映画を鑑賞

『震える牛』

していような爽快感と高揚感にとらわれるのではないだろうか」と付け加えている。

その相場が「ＢＳＥ」に挑んだ。狂牛病である。

容易に結びつかない獣医師と産廃処理業者が同時に殺された事件は、初動捜査の誤まりで迷宮入りするところだった。それを味のあるベテラン刑事の田川信一が掘り起こしていく。

クローズアップされてくるのは、良質な和牛を畜産農家から直接買い付け、安価で売ることから出発したオックスマートだった。総帥は柏木友久である。

「お客様の隣に」というスローガンを掲げていたが、問屋に圧力をかけて同業者への商品供給を遅らせ、隣の土地に店を構えて、相手が降参するまで徹底攻撃するというのがその実態だった。独占禁止法違反の「優越的地位の濫用」でオックスマートはのしあがってきた。

労働基準法も無視するワンマンで何度も労働基準監督署に駆け込まれたが、その筋の人間を天下りで受け入れ、切りぬけてきた。

作中人物がこう語る。ＳＣとはショッピングセンターの略である。

「本業のスーパーは全く儲かっていない。売上高に対する営業利益率はたかだか一％だ。一方、モールを展開するＳＣ事業は三〇％以上になる。持ち株会社としてのオックスマートの営業利益を二〇％も支えているのがモールの実態だ」

超大型のＳＣを作り、有力テナントを誘致して賃料と売り上げに応じた歩合、マージンの徴収で儲けるところにオックスの強さの秘密があった。まさに、あくどい商法だが、それ以上に読んでいて背筋が寒くなるのは、食品を〝工業製品〟にしていることである。

オックスマートに食い込んでいくミートボックスの元工場生産管理課長が、居酒屋に入って、記者にすすめられたハンバーグとソーセージに強く首を振る。「雑巾だから食べない」というのである。

「そのハンバーグとソーセージはミートボックス製です。一昨年に商品化して、全国チェーンの居酒屋やファミリーレストランが大量購入したものです」

その元課長や同僚が絶対に食べなかった自社製品はどのようにつくられるのか。老廃牛のクズ肉や内臓でハンバーグ用の挽肉を作り、つなぎのタマネギ類と代用肉を混ぜる。代用肉とは何か。

「脱脂大豆に亜硫酸ソーダ水溶液を混ぜ、亜硫酸ガスを加えると、繊維のような形をしたタンパク質が生まれます」

言いようのない不気味さを感じながら、記者は説明を聞く。

「さらに亜硫酸塩、塩化カルシウム、イオン交換樹脂のクスリで濾したあとは、甘味料、化学調味料、牛の香りを演出する合成香料、それに容量増しに水を加えてできたのが、このハンバーグです」

相場が描写しているように、胃の中のものが逆流する感覚に襲われるが、説明はなお続く。

「クズ肉に大量の添加物を入れ、なおかつ水で容量を増すから雑巾なのです。ミートボックスのラインでは、毎月五トンの肉が最終的に一〇トンの製品に化けます」

「安かろう、悪かろう」の典型である。

その恐さもあって、この『震える牛』はベストセラーになった。強烈な問題提起作だが、しかし、問題は解決されていない。

食品加工の闇を暴いた『震える牛』の後、相場は派遣社員の実態に迫った『ガラパゴス』上・下(小学館文庫)を世に問うた。

そして、二〇一八年に犯罪小説という形で発表したのが『血の雫』(新潮社)である。

福島の風評被害に対する地元の人たちの怒りが連続殺人事件の動機になっている小説だが、二〇一九年二月二七日の『毎日新聞』夕刊に相場は「東北に通い続ける作家」として登場して、和牛生産が盛んだった飯館村の牧草地に、ある花が一面に咲いていた風景を描いたと語っている。

これは事実で、作家のイマジネーションでは思いつかないという。

「復興どころか復旧もしていない事実を表現できたら」と相場は被災地に通い続ける。

Ⅳ　組織と人間

39 自分の生き方を通す

『沈まぬ太陽』山崎豊子著

日本航空をモデルとしたこの作品が映画化されたのは、ある種の事件だった。さまざまな妨害(主に日航からの)を押し切った角川歴彦の激励会のような「公開を成功させる応援団・総決起集会」が二〇〇九年一〇月一八日に開かれ、私は、なかにし礼や高杉良と共に参加した。

主役の恩地元を演じた渡辺謙もアメリカから駆けつけ、恩地のモデルの故・小倉寛太郎の夫人と話していた。私は二〇〇〇年に小倉と対談し、『企業と人間――労働組合、そしてアフリカへ』(岩波ブックレット)を出している。そして二〇〇九年に、この対談を含む『組織と人間』(角川新書)を刊行した。

小説にあるように、日航(小説では国民航空)は初代の労働組合委員長だった小倉をアフリカに飛ばした。普通は何年か経ったら戻すのに、さらに飛ばしに飛ばしたのである。

この小倉に会った時、私が感じたのは「透明感」だった。想像を絶する出来事があり、それらがすべて終わった後に会ったからかもしれないが、「こういう人がいたんだ」という透明感を感じた。ギラギラした感じがまったくなかった。小倉という人はスーパーマンのような生き方をしたわけではない。自分の生き方を組合の仲間あるいは妥協して生きなかった友人と一緒の「生」として考えていた。自分が崩れることは仲間も崩れることであり、自分が強かったから屈しなかったというより、仲間を裏切ることはできないし、支え合っているという信念をもっていたのである。

東大法学部卒の経歴からいっても、組合を足場にして出世することも可能だった。実際にそういう誘いもあったという。しかし、それでもそういう道を歩まなかった。

また、「家族に対しては、排泄行為と繁殖行為以外はすべて見せても恥ずかしくない生き方をしてきた」と言っている。その生き方はこの作品を通して多くの人々に感動を与えたが、日航はそんな小倉を徹底的に排除したのである。そこに小倉の名誉と対照的な日航の不名誉がある。

その小倉が二〇〇二年に亡くなった。享年七一。同年一〇月二四日号の『週刊新潮』「墓碑銘」欄で「『沈まぬ太陽』のモデル。小倉寛太郎氏の闘志」と題して追悼されている。『沈まぬ太陽』が同誌に連載されたからでもあるだろう。

「墓碑銘」には、東大入学後、生協理事や駒場祭の実行委員長を務めたとあるが、卒業してアメリカの損害保険会社ＡＩＵに入り、組合をつくって退社せざるをえなくなったと記されているのには苦笑する。

日航に入社し、組合委員長に就任。「それまでの御用組合を、闘う組合に変え、初のストライキを打った」とあるのには、いつもは御用組合の側に立って、「闘う組合」をヤユするのが

『週刊新潮』ではないのかと、からかいたくもなる。

岩波ブックレットの冒頭で私は、どちらかと言えば、革新的な運動を批判する立場の『週刊新潮』が『沈まぬ太陽』を称揚し、逆に擁護する立場の『週刊朝日』がそれを批判するという「ねじれ」があり、その「ねじれ」がこの小説および小倉の置かれている状況の「ねじれ」を象徴しているのではないか、と指摘した。それに小倉は直接には答えず、『沈まぬ太陽』がベストセラーになった秘密は現在の労働組合の存在感のなさにあると喝破した。『沈まぬ太陽』には曲がりなりにも労働組合が描かれており、労働組合の存在感のなさにイライラしている人たちにアピールしたのではないか、と言うのである。

言われてみれば、そうかもしれない。その組合活動の故にアフリカに飛ばされ、それでも屈せずに自分を曲げない主人公、つまり小倉の生き方に多くの人が感動したのだと思うが、そういう境遇に小倉を追い込んだのは日航の経営陣である。

航空業界は政治が絡むポリティカル・インダストリーであり、ナショナル・フラッグ・キャリアの日航はポリティカル・カンパニーの最たるものだ。

航空業界に詳しい作家の本所次郎は『朝日ジャーナル』に連載された「企業探検」の「日本航空」の項で次のように書いている。

「事故原因をも含め、あらゆる面で日航の経営体質をゆがめてきたのは、屈折した横車的な外部からの政治介入だった。そして内側にあっては、〝官僚派〟に対する〝民族派〟の反発が変形して、吹き出ものをつくったといっても過言ではあるまい。このことが、社内の士気を長年にわたって阻害してきた要因といえる」

私が編著者の『巨大ブラック企業』（河出書房新社）の「日本航空」では『腐った翼――JAL消滅への60年』（幻冬舎）の著者、森功と対談した。

なぜ、日航はメディアに対して、そんなに高飛車になれるのかについて、森は語る。

「タダで乗せてもらったりしているんだと思います。『沈まぬ太陽』のなかにもほぼ実話として登場しますよね。記者がファーストクラスでヨーロッパに行く。ひどい話になると、休暇のときにヨーロッパにファーストクラスで連れて行ってもらった、某新聞社の記者もいらっしゃるそうですから」

この作品が連載されていた時、『週刊新潮』は機内誌を下ろされた。森の興味深い発言を引こう。

「自民党の中にも民活派と守旧派があって、当時は運輸族を清和会が牛耳っていて、その牙城に切り込もうとして民活を入れたのが中曽根康弘なんですね」

その先兵として送り込まれたのが、映画では石坂浩二が演じたカネボウの伊藤淳二だった。伊藤に目を着けたのは中曽根のブレーンの瀬島龍三である。

40　現役記者の社長解任請求

『日経新聞の黒い霧』　大塚将司 著

私は『噂の真相』の「タレント文化人筆刀両断!」で日本経済新聞社の当時の社長、鶴田卓彦をこう斬った。

〈一九九八年一一月一七日に開かれた「盗聴法・組織的犯罪対策法に反対する市民と国会議員の集い」では、国会議員のトップを切って、公明党の浜四津敏子が登場し、弁護士らしく、「盗聴という手段には歯止めがきかない。国家権力の都合で政治的に利用されてしまう危険性が大きいという歴史的教訓がある」と強調したのに、コウモリ党の本領発揮で、党の方針が「自自公(自民、自由、公明)」に傾斜するや、ピタリと反対集会には出てこなくなった。池田大作(創価学会名誉会長)の盗聴はしないからとでもささやかれたのだろうか。

自自公の出発点は「自自」である。その(党首の)小渕恵三と小沢一郎の料亭怪談に、京セラならぬ狂セラの稲盛和夫とともに、日本経済新聞社社長の鶴田卓彦が同席したことを一九九九年五月二八日号の『FRIDAY』がスッパぬいた。

この新聞社の論説副主幹の田勢康弘は『ジャーナリストの作法』という本で、「『良識ある第三者』という立場をかなぐり捨てたら、ジャーナリズムは成り立たない。単なる情報の運び屋か、新聞ゴロになってしまう」とゴリッパなことを書いているが、おたくの社長はどうなのか。

もっとも、最近は田勢自身も、小渕内閣というか自民党の〝御用聞き〟になってしまったともいわれる。

そもそも、鶴田に社長の目はなかった。ところが、リクルート事件で当時の社長、森田康が失脚し、急遽リリーフした新井明の後を継いで鶴田が社長に就任する。まったくの棚からボタモチの社長だった。そういう意味では小渕(そして森喜朗)とよく似ている。しかし、社長になるや、ナンバー2を次々と外に出したりして、長期政権の様相を呈してきた。それで、読売の渡邉恒雄の向こうを張るようにフィクサーを気取って、そんな会談に同席したのだろう。

私は『現代』の一九九一年七月号で、日経を「株式会社日本」の〝社内報〟と批判した。以来、同紙からはパージされている。知らない仲ではなかった鶴田が、とりわけ激怒したらしい。

そこで私は、リクルート事件が発覚する前に「リクルートの理念なき膨張」を指弾したことを引き、日経も同じように、ジャーナリズムの批判精神を捨てたがゆえに急成長したのではないか、と書いた。リクルート以上に日経が「理念なき膨張」をしたのであり、その体質は依然として変わっていない、とも。

この体質は鶴田が社長になっていっそうひどくなったようである。カラオケ大好きで、一度握ったらマイクを放さないこのひとに理念など求むべくもない。

三和銀行では今度、会長の渡辺滉と頭取の佐伯尚孝が共に相談役に退くことになったが、この一大内紛劇を経済専門紙の日経がまともに報じなかった。なぜか？　鶴田と渡邉がジッコンの間柄だからである。頭取から会長になることがいいことだとは思わないが、ほとんど恒例化しているその道を選択せずに、佐伯は渡邉と刺し違えた。キナ臭いバブルの張本人である渡邉の専横はそれほど目に余るものがあったが、日経には何も書かれていなかった。〉

この鶴田体制に真っ向から挑戦して大塚はこのノンフィクション・ノベルを書いた。出たのは二〇〇五年春だが、「あとがき」に大塚はこう書いている。

「私がルビコン川を渡ったのは二〇〇三年一月二五日である。日経新聞社を言論報道機関として再生させようと、頽廃の元凶である鶴田卓彦社長(当時)の取締役解任を株主総会に提案した。そして、一年余りの時を経てなんとか鶴田氏を相談役からも退任に追い込んだ。しかし、守旧派の牙城は堅牢で、〝鶴田氏追放〟は改革へのほんの第一歩に過ぎなかった」

私は『人間が幸福になれない日本の会社』(平凡社新書)で大塚の反乱に触れた。

日本新聞協会賞を受賞した敏腕記者で部長だった大塚が子会社の不正経理問題や鶴田の女性スキャンダルを内部告発し、社員株主として鶴田の解任を求めた。

すると鶴田は、大塚を名誉毀損で東京地検に告訴し、株主総会の直前に一方的に懲戒解雇した。

それに対して大塚は、鶴田らを相手どって自身の解雇無効確認訴訟を東京地裁に起こすことで対抗した。

その株主総会では鶴田の解任案は否決され、鶴田はやめることもなく代表権のある会長から相談役となって院政を敷く。

あるアンケートでは、現役の部長の大塚が「鶴田解任」の株主提案をしたことについて、七一％の日経ＯＢが「意義ある提起だ」とし、鶴田の辞任は「表面的な糊塗策で何の解決にもなっていない」という答が五五％、「杉田現社長を含め、鶴田体制を支えてきた役員は総退陣すべき」という声も四八％で半数近い。この一連の事態は「鶴田体制が長く続いたゆえのおごりが招いた」とする答が七三％だが、果たして、現役社員は当時そう思っていたのか。チェックできなかった同社の労働組合の責任を問う声もあった。

こうしたＯＢ株主の支援を受けたこともあって、二〇〇四年一二月、日経と大塚の間で和解が成立し、懲戒解雇処分を撤回させた大塚は職場に復帰した。

しかし、報道機関としての日経の劣化はその後も進んでいる。たとえば、東芝の明らかな粉飾決算を不正会計としか書けないのは堕落以外のなにものでもない。最後に大塚が、「本書はノンフィクション作品ですが、一部の人名、会社名についてプライバシー保護の観点から仮名を使っています」と注記していることを付け加えておこう。

41 新聞は生き残れるか
『紙の城』本城雅人 著

本城作品との出会いは『傍流の記者』(新潮社)が最初だった。主流よりは傍流、もしくは反主流に惹かれる私にとって、その題名が手に取る契機だったに違いない。二〇一八年六月のことである。

以来、病みつきになり、『ミッドナイト・ジャーナル』(講談社文庫)、『トリダシ』(文春文庫)、『紙の城』(講談社)、『スカウト・デイズ』(講談社文庫)、『監督の問題』(講談社)、『嗤うエース』(講談社文庫)と次々に読んでいった。

そして、同年一一月三日付の『朝日新聞』読書欄の「私の好きな文庫」に『ミッドナイト・ジャーナル』を挙げ、西秀治記者の質問に答えて次のように語った。

〈今年四月に出て直木賞候補になった、この著者の『傍流の記者』を読んだんです。新聞記者の群像を描いた作品。「主流には与《くみ》しない。長いものには巻かれないで踏みとどまる」という強い思いを感じた。それで、著者の過去の作品を読んでみた。共感したのが、この本です。

やはり新聞記者が主人公。七年前に児童誘拐事件で大誤報を打って地方支局に飛ばされた記者の赴任先で、女児連れ去り未遂事件が起こる。七年前の事件との関連を疑った記者たちが、過酷な取材に挑む物語です。

「情報」というものの深みを教えてもらったと思いました。記者たちは刑事に夜討ち朝駆けしても無視される。話ができるようになっても、核心部分は教えてもらえない。それでも気力と体力を振り絞り、最後は刑事から情報を取ってくる。

私は常々「情報化社会？　何を言ってやがんだ。本当の情報はクリックすれば出てくるもんじゃないんだ」と感じていたから、ピタッときた。「真実というのは常に闇の中にある」という台詞に、上っ面の情報にだまされてはいけないという思いも強くなった。

職業柄、堅い本を読むことが多いのですが、それでは心の「栄養」が偏る。糖分が欲しいなと思ったとき、小説で魅力的な人間に会いたい。それを満たしてくれた一冊です。〉

「私の好きな文庫」だから『ミッドナイト・ジャーナル』を推薦したが、『紙の城』はそれを「新聞社は生き残れるか」まで広げてドラマをつくった、優るとも劣らない作品である。

作品ではなく作者との出会いは、作品を読み始めて三カ月余りでやってきた。私は『俳句界』という雑誌で「佐高信の甘口でコンニチハ！」という対談を続けているのだが、その二〇一八年二月号に登場してもらったのである。編集部がつけたタイトルは「傍流の道を行く」。

本城は『サンケイスポーツ』、略して『サンスポ』の記者だった。産経新聞の社員でありながら主流ではない。しかし、同社は『サンスポ』や『夕刊フジ』が利益を出して本体を支えていた。

二紙とも宅配ではなく駅売りで、毎日が勝負である。

私も『夕刊フジ』がマスメディアへのデビューだったので、よくわかるのだが、一日一日、何かおもしろいネタを盛り込もうと必死だった。ヒリヒリした感じで連載を続けていたのが忘れられない。

そう回顧すると、本城は、「でも、あれが僕は好きでした。常に緊張感があって、会社に記事を持って帰ったときに、上の人たちが自分のもとにフーッと集まってくる」と振り返った。

活字への愛着が作品の底を流れる『紙の城』について尋ねると、「紙が読まれなくなっていくのを見てきましたから」逆に惹かれると語り、こう続けた。

「スポーツ新聞にとって一番大きな影響は、オウム真理教の地下鉄サリン事件でゴミ箱が駅から無くなったことでした。スポーツ新聞って会社に持って行きにくいので、ゴミ箱に捨てることができないと売れないんです。夕刊紙はもっと大打撃でした。家族には見せられないですから、持って帰れない」

『紙の城』が思いがけない形で外濠から埋められたということだろう。

次に団塊の世代が一斉に退職する二〇〇七年にスポーツ紙は読まれなくなる、と言われた。しかし、それはスポーツ紙だけに限った問題ではない。

そのころ、産経の社内でも熱い会議が繰り返されたが、当時の社長・住田良能は、「論じる

『紙の城』

新聞にしたら、八頁にしても充分売れる」と言ったという。

それを聞いて本城はこの作品でその部分を膨らませた。

私が本城に早く会いたいと思ったもう一つの理由が、この有能な記者が住田をどう見ていたかを聞きたいということだった。

住田と私は慶応の同窓で、『毎日新聞』の岸井成格らと五、六人で昼食会をやっていた。月に一回。二〇一三年に住田が亡くなってからも続いたが、二〇一八年に岸井も亡くなって自然に消滅した。

私はいま、本城が住田をモデルにした小説を書いてくれないか、と思っている。たくらみというより希望である。

『俳句界』の対談で、「情報は、必ず人間にまつわって出てくるでしょう。結局は人間が相手なんだというおもしろさがある。それは、あなた自身が現場で苦労したから書けるわけだ」と水を向けると、本城は、「僕は記者でしたが、実は書くことにはあまり興味がなくて、ネタを取るほうが好きだったんです」と答えた。

それも、たとえば日本シリーズだったら、それに出られなかった監督のところに取材に行くというのだからおもしろい。

42　研ぎ澄まされた感覚を保つ

『いつも月夜とは限らない』広瀬　隆著

広瀬は光と闇の物語を描く。「昼の光に夜の闇の深さがわかるものか」と辛辣な言葉を投げつけたのはニーチェだが、広瀬は容易に見通しにくい闇の深さを一つの物語として提示する。

闇は国境を越え、ある意味では国家そのものをもその勢力下において、それを明らかにしようとする者を消し去ろうとする。

この物語の主人公、岩波毅は「日々のジャーナリズム生活の中で研ぎすまされた感覚」をもつ月刊誌の編集長だが、闇の力に怯まず、その存在を追う岩波の姿勢は、そのまま、広瀬自身の姿勢である。

ただ、雑誌の編集者を含む多くのジャーナリストにとって、「研ぎすまされた感覚」という作者の言葉が皮肉に聞こえるほどに、現在の日本のジャーナリズムはお寒い状況にある。

その意味では、この物語は「ありうべきジャーナリズム」を描いた夢物語とも言えるのである。

物語は一九九一年夏にルクセンブルクの銀行、ＢＣＣＩが破綻したところから始まる。この銀行は〝麻薬銀行〟と呼ばれるほどに、闇の世界とのつながりが深かった。

そして、この銀行崩壊と、まったく無関係に見える日本の月刊誌の取材記者のシンガポールでの水死が、岩波らの追及によって、密接に関わっていることが明らかになってくる。その強力な援護者《パートナー》が、旧内務官僚の庄司傳六だった。この老人は、体つきは貧弱ながら、鋭い目つきとひきしまった口許に、かつての姿を想像させ、鬼気迫る雰囲気を漂わせていた。岩波はそれ以後、しばしば彼から、その警戒心の足りなさを指摘される。闇の存在を実感したことがないだけに、それも無理からぬことである。

庄司は岩波に次のように語るが、これは、庄司の口を借りた広瀬の痛烈な現代マスコミ批判でもあるだろう。

「これまでのあなた達のやり方は駄目だ。調査員を何人も抱えて、大作家に書かせている。つまり書く人間は感覚が退化してゆく。自分で図書館を歩き、古本屋を歩かないような人間に、解析などできるわけがない。シンガポールについても、あなたは見たこともないくせに想像力を働かせている。一度、ラッフルズ・ホテルの前に立って現場を見渡しなさい。これは殺人事件なのです。刑事が常に肝に銘じて言い聞かせるのは、現場百回という言葉だが、その姿勢に間違いはない。シンガポールというのは、国のようで国ではないところに魅力があるのです」

この物語には現場の匂いが満ちている。現場の匂いとは危険の臭いでもある。

——いつも月夜とは限らない。

この脅し文句は、岩波の頭の中に、編集者の怪死、ラッフルズ・ホテル前で発生した謎の暴動、突然の電気工事、不審な三人組の来訪、営業からの暗示的な電話、へし折られたドイツ製の鉛筆といったできごとをよみがえらせた。

しかし、それでも岩波は突き進む。

「私は見た。しかし私は信じない」

ゲーテのこの一句で対応してである。

広瀬の物語は、一つ一つの事実を積み上げてつくられている。麻薬の「黄金の三角地帯」がビルマとタイとラオスの国境にあること、小沢一郎の主宰する自衛隊海外派遣の調査会に、外国人では唯一人、シンガポールのK・S・サンドゥーという人間が呼ばれていることなどが、広瀬の操る糸によって起き上がるマリオネットのように、一つの物語となって結ばれる。

庄司老は、タイの最大財閥ソポンパニット一族が香港商業銀行を経営している事実に触れながら岩波にこうハッパをかける。

「このタイに逃げこんだのが、つい先日、富士銀行と東海銀行の不正融資事件で逮捕された、森本亨と室岡克典ではありませんか。森本の偽名がソンポンで、利用したのがバンコク銀行でした。あなたの筆を、日本人に鋭く向けて下さい。彼らが逃げていたプケット島一帯の海底には、大量の錫があって、戦時中から日本軍がこの錫とゴムで取引きしながら、右翼とタイ・マフィアが結んできたのです。それが今日も続いています。彼らがわれわれの目の前にいる暴力団を育て、ケシから阿片の液体をとり出して売りさばき、極貧状態にあるタイ人を、ひと握りの巨大富豪の奴隷に仕立てあげてきた張本人です」

反原発の教祖的存在となった広瀬は「チェルノブイリと日本の運命」と副題のついた『危険な話』(新潮文庫)で原発安全論の愚かさと怖さを具体的に説き明かした。その前に出した『ジョン・ウェインはなぜ死んだか』(文春文庫)では、アメリカの核実験がいかにその近くでロケをした多くのスターとスタッフの命を奪ったかを、息もつかせぬ迫力で描き切っている。

その文庫版のあとがきに広瀬は「多くの読者から反響を得るにつれて、わが国の原子力産業界からの反論も厳しく出された。これはサイエンス・フィクションであるという言葉さえ聞かれた。原爆兵士《アトミック・ソルジャー》の訴えはアメリカでことごとく却下され、風下住民は泣き、ハリウッド映画人も無念の涙を呑んできた。事実を認めようとしないこの〝科学者集団〟の態度は、多くの読者にとって野放しの危険を想像させるものであろう」と書いている。

広瀬はこれらに続く『億万長者はハリウッドを殺す』(講談社文庫)で、そうした核というものをだれが生み出させたのかを探っていって、ロックフェラーとモルガンにぶつかり、アメリカを彼らがいかに支配しているか、証明しようとした。いずれにせよ、この文庫が一九九五年に出ているから、二〇一一年の三月一一日より一五年も前である。

43 ワンマン体制への叛旗

『管理職の叛旗』杉田　望著

『思想の科学』の一九九二年九月号に、杉田は「石川達三を読む」を書いた。そこで杉田は、石川の『金環蝕』を読んでから、『結婚の生態』等の風俗小説を書く作家だと思っていた石川が、「実は、社会問題に強い関心を抱き、しかも経済と社会と権力の関係に正面から挑戦を企てた、意欲的な作家であることを識った」と告白している。

この告白に杉田のめざす作家像が表れている。

「批評家の識別からすると、『金環蝕』はモデル小説の範疇に入るらしいが、彼らの間では、モデル小説の評価はさらに低い。だが、そのことを含めて云うのだが『金環蝕』を批評家たちが、どのように論争したか——など、私には殆ど意味のない議論に聞こえてくるのだ。

そのことよりも大事だと感じるのは、読者が作品から何を共感するか……。私の理解では、読者と共感できる何かがあるとすれば、権力の腐敗を打ち、汚濁する現実の社会を鋭く照射する毒である。毒素のない小説などと云うのはまったく面白くないからだ」

むしろ、石川達三を借りて、自分の作家姿勢をこう宣言した杉田は、この小論を次のように結んでいる。

「これは自戒をこめて云うのだが、読者が離れていくのは、読者たちに責任があるのではなく、実は作家たちに権力の構造を暴き出すエネルギーが枯渇し、すでに社会の成員の誰もが感じる凡庸な批判精神さえ欠落していることに原因があるのではないかと思う」

この小説が発表された後、杉田はモデルと目される某大手化学企業のトップから不満を洩らされた。しかし、あまりに取材が綿密だったため、そのワンマンも杉田を訴えたりすることはできなかった。そのトップとは宮崎輝である。

この作品について、私は『エコノミスト』の一九九一年四月二三日号のコラムにこう書いた。

〈名誉会長や副会長など、頭デッカチの無責任体制をいや増すヘンな肩書がふえているが、自分が会長の座を退きたくないために、いっそ社長を複数にしたらと放言したのが、旭化成の宮崎輝である。死ぬまで社長をやった帝人の大屋晋三は、次々と副社長をかえて、〝副社長キラー〟といわれたが、宮崎はまさに〝社長キラー〟。

杉田望は企業小説『人事権執行』(ＫＫベストセラーズ、講談社文庫収載にあたって『管理職の叛旗』と改題)で、「三崎化成の土居盛助」として、この宮崎と思われる人物を主人公にした。

土居は「実に二十三年間にわたり、社長の椅子に座り続け、さらに会長に就任して以降も、競争相手を次々と葬り去り、強烈なワンマンぶりを発揮、業界でも異例の長期政権を確立」している。

　このワンマンは、かつて社長の椅子を争った大貫深造（モデルは旭ダウの堀深か？）が苦心して大きくした「三崎ウッディ」という会社を吸収合併した。そして島村という男を三崎化成の副社長に迎えようとしたが、島村はそれを辞退して、土居にこう告げる。

「理由を申し上げます。三崎ウッディは大貫顧問と三崎ウッディの社員が一丸となって築き上げたのです。その当事者になんらの相談もなく、売却の話を進めるとはどういうことか。わたしの倫理からいって納得できないのです」

　黙っている土居に向かって島村は続けた。

「それにもう一つは、他人が築いた城をまるで詐取するがごとくの方法で、吸収しようとする経営者の倫理……。それが株主に許された権利行使だからといっても、それを平然とやることにひとかけらの良心も倫理性も持ち合わせぬ、卑怯卑劣な経営者のもとでは働きたくないということです」〉

　もちろん、ワンマンの土居のなすがままに社員たちが従っていたわけではない。

　土居の独断専横に抗議する檄文が発せられた。公開質問状の形をとった決起宣言である。そこには五〇余名の中間管理職が名を連ねていた。土居は先が短いからいいが、土居の私物化によって会社がメチャクチャになったら、自分たちはどうすればいいのか。土居の会社ではなく、われわれの会社なのだという意識から、その檄文は書かれていた。

それにしても、三崎化成には吹き出すような「社員約定」があった。しかし、土居たちはマジメにその約定を考えたのである。それは「不倫御法度」の約定だった。社員手帳にこう書いてある。

一、男女の社員間にあって不純異性交遊をなしたる者。

これが「会社の安寧秩序を乱し、著しく会社の名誉を傷つけたる者」や、「会社に重大なる損害を与えたる者」と同じく、懲戒解雇の対象となるのである。ゴルフも麻雀もやらず、仕事一筋で、唯一の趣味が「歩くこと」という土居こと宮崎の考えそうなことだった。

四九歳で社長になった宮崎が、最初から「老害経営者」だったわけではない。それがどうしてそうなっていったか。チェックシステムのない日本の会社は、ほとんどがその危険性をもっている。それに陥らないためにどうすればいいか。そのテキストとしても読める側面が、この小説にはある。

宮崎の存命中に『朝日ジャーナル』に書いた「旭化成論」(奥村宏他編『企業探検』所収)を杉田はこう結んだ。

大屋晋三の晩年とその後の帝人のことを考えれば、「老人が権力に固執した結末はろくなことはないことをそれは示している」とし、「宮崎と旭化成が、そうだとはいわない。だが、日本人の美意識からすれば、惜しまれて去るのが花道というものだ」。

44 組織内の不正を糺す

『会社を喰う』 渡辺一雄著

サラリーマンが自分の勤めている会社をモデルに、その恥部や暗部にまで踏み込んだ小説を書いたらどうなるか？

その答えを渡辺（本名・小川一雄）は身をもって示した。部長―課長―主任と、小説を書くごとに降格させられたのである。

一九二八年生まれで、海軍兵学校を志したほどの皇国少年だった渡辺は、戦後、大阪商大を経て、大丸に入った。そして、「お国のため」を「会社のため」に換えてがんばる。そのガンバリが度を越して、左派の組合つぶしに狂奔した。

右派の組合執行部の一員としての渡辺の生活は、一流料亭で昼間から酒をあおるようなものだった。

『会社を喰う』には、左派の執行委員長を当選させないために、選挙管理委員長がその票を焼却炉に投げ込んだり、こぼれた投票用紙を呑みこんだりする場面が出てくる。

「信じられないような話でしょうが、事実です」と言って渡辺は、自分が小説を書く訳を次のように説明した。

「それは組合つぶしはあってはならないということです。たとえば流通業界にA社とB社があって、B社がA社に勝とうとする時、A社と商戦をやるより、自社の人件費を抑えこんだ方が成果があがる場合がある。果敢に相手と戦うより、自分のところの社員をいじめた方が手っとり早い。流通戦争は当然、正々堂々と戦われるべきだと思うんですが、そういう安易な方法をとることがあるわけです。そのために組合つぶしが行われる。そうすると、社員のモラールが荒廃して大変なことになる。それで、組合つぶしをしたら損ですよ、という警鐘を鳴らしているんです。相手の会社を〝敵〟だとして正面から戦うことは、自社の結束を強めて、モラールの向上になる。しかし、組合つぶしは内部に敵をつくるわけですから、血みどろの戦いになるんです。『会社を喰う』では特にはっきり、それをテーマにしました」

「会社のため」一途だった渡辺が、いわゆる告発小説を書くようになったのは、若い外商課員の事故死がキッカケだった。顧客へ単車で商品を届ける途中、交通事故に遭ったその社員の死を、難癖をつけて会社は業務上の死としなかった。労働組合京都支部の委員長として渡辺も、組合がそれを問題にしないように画策したのである。

しかし、後味が悪かった渡辺は、当時の大丸の実力者の田中誠二(常務)に、「左派の連中も仕事でよくがんばっていますから、もう許してやってもいいのではないでしょうか」と進言した。これは言ってはならない言葉だった。

「私の目の黒いうちは、あの男に絶対日の目は見せない」と田中は言い、渡辺はそれを裏づけるような仕打ちを受けることになる。

ただ、田中も、ある週刊誌の取材で、「あれ(労組転覆)は小川一雄が勝手にやったことで、私がやらせたわけではない」と言って、社長の井狩彌治郎から、ひどく怒られた。なぜなら、大丸側は「労組つぶしなどという事実はなかった」としていたからである。それなのに田中は、渡辺が小説に書いた事実があったことを認めてしまったのだった。

告発小説を発表した渡辺のところには、何通かイヤがらせの手紙が送りつけられた。中でもショックだったのは「おまえには死神がついている」という手紙だった。差出人は不明。消印は大阪市南区の大丸の所在地のものである。

「会社の悪口を言うようなヤツは早く死んでしまえ」というのもあったが、渡辺はショックを受けつつも、「これらは愛社精神のあるヤツだからいい」と言う。逆の立場になったら、渡辺もそう非難するかもしれない、というのである。

しかし、こうした非難や中傷の手紙はわずかで、大部分は「よく書いてくれた」とか、「自分も同じ身だ」という同情や激励の手紙が多かった。

大丸から虐待され始めたころ、渡辺は特に若い人たちに、「僕に近寄るな」と言っていた。半分は若い人のためを思ってだったが、半分は、そうした人が途中からバッタリ来なくなったら寂しい、と思ったからだった。

ところが、渡辺が会社ににらまれ始めてから、仲人をしてくれ、と言って来た若者が二人もいた。

「出世にさわるかもしれないから」と親のところへ断りに行った渡辺に、「息子が頼んでいるんですからお願いします」と言って親は頭を下げたという。

その若者の一人がさわやかに語った。

「僕は小川さんが好きやったんですよ。部下が困っている時には、すぐに相談に乗ってくれる上司らしい上司でしたしね。みんなイヤがる苦情処理でも、オレにまかしとけ、と引き受けてくれました。あのころ、小川さんと会社がもめていることは知っていましたが、それは小川さんの問題であって僕の問題ではない。結局、僕次第だと思って仲人をお願いしたんです」

こうした人たちも読んだためか、一九八〇年に渡辺が出した『退社願 株式会社大丸社長殿――だから、私は会社を見限った』(徳間書店)は、京都の書店では、当時の大ベストセラー、山口百恵の『蒼い時』を抑えて四週連続トップを続けた。三〇年近く務めた大丸を退社する前年、渡辺は一番忙しい外商部の真ん中に、何の仕事もなく坐らされ、ただただ、白い柱を見て八時間半を過ごす生活を続けて、胃をやられた。会社の虐待に体が悲鳴をあげたのである。

45 地位保全の訴え

『懲戒解雇』高杉 良著

高杉の最後の作品になるかもしれない『破天荒』(新潮社)の書評を求められて、六月五日付の『東京新聞』に次のように書いた。

〈オビに「自伝的経済小説」と銘打たれているが、著者の最初の作品となったのは出光興産をモデルにした『虚構の城』(講談社)だった。高杉良という筆名だったため、「内部告発小説」と書かれたりした。それほど内部事情に精通していたのである。当時、著者は石油化学新聞に勤めていて、社長には小説を書くことを明かしていた。社長は励ましてくれたが、内外の反発は想像以上だった。

安倍晋三を繰っていたといわれる今井尚哉の伯父の元通産(現経産)次官、今井善衛に呼びつけられ、業界紙記者という立場をわきまえないにも程がある、と叱られたりもした。

しかし、著者は、「出光興産の多くの社員が『よくぞ書いてくれた』と言って、僕に拍手してくれていますよ。企業体質に問題があると僕は思っています」と反論した。

その後多くの経済小説を書く著者の姿勢がこの反論によく表れている。

では、なぜ、著者は「最後の作品になるかもしれない」これを書いたのか。

冒頭の場面にあるように、石油化学新聞に「両国高校卒」と偽って入ったからだった。面接した人間が著者の筆力を惜しんでそう勧めたのである。

一本気な著者にとって、これが生涯の悔いとなる。松本清張の例もあるしと多くの人がなだめたが、著者はこの作品を発表するまで、どれほど悩んだことか。

国会議員も経験した中山千夏のエッセイに、「小学校三年中退」「旅役者の子」を二言目には口にする花柳幻舟と中山が交わす会話がある。

「幻舟さん、このごろはな、学歴がないというのをあんまり言うと、自慢してることになるねんで」

「え？　ほんまかいな」

「うん。マトモなインテリは、たいてい大学出たことを恥じとる。無学派を尊重せないかんと思うとる。そやから、あんまりウチらが学校へ行ってへんことを強調すると、萎縮して物も言えんようになる。ま、心のどっかでは、インテリを誇っとるやろけどな」

この意味でも問題作である。〉

派閥争いのあおりで解雇されそうになったエリート課長が、会社を相手取って地位保全の訴えを起こした。三菱油化(現三菱化学)で実際にあったこの事件に材を取って高杉は『懲戒解雇』を書いた。前代未聞の出来事をモデルにしたこの作品は高杉の代表作であり、傑作である。

小説では、このエリートは「トーヨー化成」の「森雄造」として登場する。ちなみに、講談社の担当編集者が林雄造で、高杉はそれをもじったと思われる。

森が会社を訴えて、翌朝、会社に行くと、森の机の上には女子社員たちからの花束がこぼれ落ちそうなほどに置かれていた。新聞にもデカデカと出て、さすがに出社するのがイヤになっていただけに、森は胸が熱くなった。その後も彼女たちはいろいろな情報を提供してくれたし、女子社員たちだけでなく、男性の見も知らぬ社員も激励してくれた。

「会社ってこんな人もいてやってたんだな」

森はこう思った。会社を訴えるようなことにならなかったら、エリートとして先頭を突っ走ってきた自分は、こうした人たちの存在に生涯気づくことがなかったかもしれない。

旧財閥系の一流企業ながら、新興の急成長企業であるために、トップはグループからの寄せ集めであり、一方、若手社員は、花形産業のリーディング・カンパニーとして、どんどん優秀な人間が入ってくるという状況が同社にはあった。各社とも必要欠くべからざる人間を出すはずがなく、そうした人間の寄せ集めのトップはお飾りであり、森たち若手にしてみれば、実際に会社を動かしているのは自分たちで、会社は自分たちのものだという意識が強くあった。

こうした下剋上体質、クーデター体質を背景として、社長追放事件が起こる。Oという社長の外国出張中に、取締役が連判状を書き、その追放を誓い合ったのだ。そして、「北見」が社長となったが、銀行から来たこの男は、連判状を知らなかったことにして、社長に押し立てられる。

しかし、O社長追放では手を組んだ「速瀬副社長」「藤本副社長」そして「川井常務」の間が、ポスト北見をめぐっておかしくなった。特に川井が野望をムキダシにして速瀬を追い落とそうとし、速瀬を支持する森を解雇しようとする。

「やはり私は甘かったのかもしれませんね」

森はこう語った。

一度は、北見や藤本や川井を、そう悪い男ではないと見誤ってしまったことを悔いてである。

「あの闘いは誰が勝ったかはわかりませんよ。少なくとも私にとっては、オープンにしたことによって、日蔭の道を歩かなくてすんだ」

森はこうも言った。

「もし、俺がこんな理不尽な暴力に屈服して依願退職にしろ、懲戒解雇にしろ黙って受けていたら、両親に対して、妻子に対して、友人や恩師に対して顔向けできると思うか。俺はあの人たち(川井他)を人間として赦すわけにはいかない。批判精神を認めようとせず、自分たちの野心のさまたげになる俺を暴力的にクビにしようとする。そんなやりかたに唯々諾々と従っていたら、俺の人生に陰が出来てしまう……」

屈しない森だから、小説のモデルになり、この小説は記念碑的作品になった。

46 死ぬくらいなら辞めていい

『風は西から』村山由佳 著

伊藤野枝を描いた『風よ　あらしよ』（集英社）で吉川英治文学賞を受けた村山と『俳句界』で対談する時、「事前に読んでほしい作品は？」と尋ねたら、これを挙げられた。

経済記者の経験もある私を考えてのことかもしれない。経済小説の作家とモデルに取材して、その「虚と実のドラマ」を追う連載からスタートした私は、ズーッと経済小説もしくは企業小説の傑作をトレースしてきた。ワタミをモデルにしたこの小説は間違いなく読まれるべき作品である。

大体、トップが訓辞を垂れたがる会社はウサンくさい。松下電器（現パナソニック）の松下幸之助に京セラの稲盛和夫と、会社は学校でも宗教団体でもないのに、もっともらしいことを言い、そして、それを本にして、社員に売りつける。社員にしてみれば、迷惑なことこの上ないが、ワタミの渡邉美樹もそうである。

この作品では、マジメな主人公が「社長の熱血ぶり」にコロッとだまされ、入社して、とんでもない目に遭う。あまりの忙しさに主人公の彼女が「山背」ことワタミに労働組合はないのかと訊く。

『風は西から』

「労働組合なんてものは必要ないっていうのが、うちの会社の考え方なんだ。不平不満は、どんな小さいことでもすぐに上へ伝達されるから」と彼は答えるが、「上」はそれを聞いて働き方を考えるのではなく、不平不満をつぶすのだった。

社長の訓辞についてのレポートまで出させる勘違いを勘違いと思わないトップによって、主人公は自殺に追い込まれる。

まさにブラック企業の典型なのだが、山岡誠一郎こと渡邉美樹の著作には「人間関係の大前提は嘘をつかないこと」とか書いてあるのだった。

小説の中で主人公の父親がこう言って怒る。

「息子は全身全霊を傾けて『山背』のために働き続け、それなのに自分を否定され続けて、あまりにも疲れ果てた末に、死ぬくらいなら会社を辞めてもいいのだという普通の判断すらもできなくなり、衝動的に自殺を選んでしまいました」

ワタミは高杉良が描いた実名小説の『青年社長』上・下(角川文庫)によって後押しされた。ベストセラーになったこの小説は『新・青年社長』上・下(角川文庫)に受け継がれたが、後者の解説は私が書いた。渡邉美樹に高杉が危うさを感じる経緯を含めてのそれをここで紹介しよう。

一九八二年にホテルニュージャパンが火事を出し、死者三三人、重軽傷者二九人の大惨事となって、社長の横井英樹が業務上過失致死傷容疑に問われて逮捕された時、その前に横井をモデルに『乗取り』という小説を書いていた城山三郎は、「主人公の青井文麿が魅力的だと思ったら、モデルには会わない方がいいでしょう」と私に言った。

「私は、横井のイヤな面を除いて小説を書いたんですが、横井は、世間でいうほどワルじゃないと思いますね」

こうも語った城山は、「普通の武器」でない武器を総動員し、「老人に指揮される既成勢力」という巨大なピラミッドにゆさぶりをかけようとした青年の物語を書こうとした。スタンダールの『赤と黒』のジュリアン・ソレルを思わせるような、既成社会に挑むその姿勢の昂ぶりを描いてみようと思ったのである。

高杉も同じ気持ちだったろう。実名小説といえども小説であり、主人公はあくまでも高杉のつくりあげた人物であって、現実の渡邉美樹そのままではない。

高杉は「私の出会った経営者たち」を綴った『男の貌』(新潮新書)で、居酒屋チェーンを中心とした「ワタミ」グループを創業した渡邉の魅力を語りつつも、「君、何を勘違いしているんだ！」と渡邉を一喝したこともあると告白している。

特に渡邉が二〇一一年の東京都知事選に立候補したことについては「経営の世界に生きているものは、政治に近づくべきではない」とし、また、「人はそんなに多くのことを成し遂げられるものではない」と思って反対した。

高杉の『青年社長』のおかげでワタミは急成長したとも言えるから、高杉は渡邉の「これから」が心配でならないのに違いない。

『新・青年社長』が単行本として出た二〇一〇年には『夕刊フジ』の「ぴいぷる」欄に登場し、執筆の動機を含めて、こう語っている。

「彼が起業家として成功したことは間違いないが、サクセスストーリーを書いたつもりはありません。経営者としてのあり方を書くことで、いろんなことを学べると思います。僕自身も学んだし」

前記の『男の貌』では渡邉の魅力を次のように語っている。

「渡邉さんは、早くに母親を亡くしています。その淋しさゆえに性格を内向させてしまう人も少なくないのが現実ですが、彼にはそういうところが全くありません。早くから起業を目指し、運送会社で激しく働いて資金を貯める様や、開業した居酒屋での仲間との葛藤や、支援者との交流、そして結婚をはじめとする家族の問題、じつにドラマ性に富んだ半生なのです」

『週刊ダイヤモンド』に連載された『青年社長』はワタミが東証二部に株式上場を果たすところで終わる。そして、『新・青年社長』に続くわけだが、基本的に渡邉を肯定した高杉作品と、それがブラック企業化したことを批判的に描いた『風は西から』を合わせ鏡のようにして見るとワタミの実態が浮かび上がる。

47 その人なりの価値基準

『ふぞろいの林檎たち』 山田太一 著

この作品に、昼休みに彼を会社に訪ねた若い恋人がこう憤慨する場面がある。

「男って勤めると変るねぇ。もうがっかり。課長とかに、すっごく弱くて、いやらしいったらないの」

この女性は、課長の手前、おどおどする彼に怒り、その後、電話で、「弱虫、卑屈、鈍感、いうなり、最低、臆病者！」と言ってガチャンと切るのだが、女性が強くなったといっても、当時の日本の女性がここまで言うとは思えない。彼女たちにとって、「会社」や「お仕事」はまだまだアンタッチャブルの〝領域〟だったのではないか。

しかし、とりわけ、このドラマの中の女性たちはそうではなくて、「男って、すぐ会社を愛しちゃったりするんだから。一年ちょっと勤めると、もう会社に忠誠なんかつくしちゃうのよ」と厳しく追及する。

私は、大手証券会社に入った若者が、学生時代、山田の『男たちの旅路』が放映される土曜日には、どんなに友だちから誘われても、その時間までに帰宅して見たと興奮気味に話していたのが忘れられない。

『男たちの旅路』は、ガードマン会社に勤める中年男が主人公で、吉岡というこの男には鶴田浩二が扮していた。

証券マンになってまもない彼は私に、「吉岡司令補は、演じる鶴田浩二の人柄がピッタリで魅せられました。ガードマン会社に勤める吉岡が戦中派で独り者という設定の意外性も功を奏したと思いますが……」と語った後、微笑しながら、「吉岡司令補のような上司がいたら、職場はどんなに楽しいかと思います。実際にはいませんけどね」と付け加えた。

なぜ、吉岡に惹かれるのか。

「水谷豊扮する若いガードマンと話していて、水谷の問いかけに返事になっていない返事をする。これがしかし、不思議に説得力があるんですね。ああ、戦中派の中年は、こういうことを考えているのかと思うわけですよ。

また、吉岡司令補は若者に迎合しないでしょう。そして、時代遅れの自分を恥ずかしいと思っていない。そこがいいですね」

いまはもう、吉岡のような中年になっているだろうその青年は、熱っぽく山田ドラマの魅力について語り、「言い争いとか対立は必要だと思います。ウヤムヤにして、とにかく丸くおさめようというのはイヤですね。対立点をトコトンまで話し合わなければ、いつか大きな問題にぶつかった時、それを解決できないと思うんです」と断言した。

『ふぞろいの林檎たち』の原型ともいうべき『男たちの旅路』シリーズの「廃車置場」とい

う作品では、山田はガードマン会社に入るのに「条件」をつける若者を描いた。

たしか、柴俊夫が演じたこの青年は、「できるなら仕事を選びたいんだ。納得できる場所を警備したい。命令されれば、なんでも守るというような仕事はしたくない」と言う。それを支持したい吉岡は、会社の幹部会議で、上からの命令は絶対とすべきだ、応募者はいくらでもいるんだから、命令を黙って聞けない人間は採用しなければいい、という人間と対立する。

そして、「命令を黙って聞く人間しかやとわんというのは情けなかないか」と問いかけ、「こんなことを言い出して来たのは、彼だけなんだから、言い出して来た人間ぐらい、警備する場所を選ばせてやるくらいの柔軟性が、会社にあってもいいでしょう」と主張するのである。

これは結局、社長の「いいでしょう。会社の包容力テストとしてやってみようじゃないですか」という一声でケリがつくのだが、日本の企業戦士たちとその妻、そして家族は、あるいは増えて来たビジネスウーマンはこのヤリトリをどう受けとめるか。

このように日常性を通して現代にシャープに斬り込む硬質のドラマを書いた山田は、その意図をこう語っている。

「ガードマンを調べていたら、派遣されれば何でも守らなければいけないわけですね。しかし、守りたくないものもあるでしょう。それに矛盾を感じないのかな、と思ったんですよ。警察官も同じだと思いますが、その矛盾に悩むことがあるのではないか。そうした疑問は当然あって然るべきだと思って、あの話をつくったんです」

ギリギリのところで、何か引っかかってしまう。それは、はっきりこうだからとは言えない「何となく」という感じなのだが、それがその人のモラルのレベルというか、どんなことを価値基準としているかの表れなのではないか。

山田は静かにこう話した。

ガードマン会社に勤める吉岡は、妻子がいなくて、あまり生活の負担のない人間に設定されている。ピュアになりうるということであり、ふつうの人には言えないことでも言える、ということである。この吉岡が「納得できる場所(だけ)を警備したい」と言ってきた青年を入れようと主張した。

吉岡のような人間は現実にそばにいたら、かなりメイワクかもしれないが、「現実はそうはいかないよ、だから、お互いに慰め合っていこうよ」といったドラマがあまりに多いと思うので、山田はあえて、現実にいたらヘキエキするようなこうした人間を登場させ、彼らに「ふつうの人」がヘキエキするようなことを言わせるのだろう。

「昔はさ、学校どこって聞かれるのがいやだったけどよ、今度は、会社どこって聞かれると、つらいんだよな」

『ふぞろい』で、ある青年がこう呟く。

48　社宅という残酷な制度

『夕陽ヵ丘三号館』有吉佐和子 著

有吉作品では『複合汚染』(新潮文庫)を取り上げるべきなのかもしれない。しかし、この国の会社を考える時、社宅は大変に重要な存在なので、それを描いたこの作品を挙げる。

中堅スーパーのサミットの社長をやった荒井伸也は、安土敏という筆名を持つ作家でもあるが、彼は家畜をもじって〝社畜〟というコトバをつくった。よく私がつくったように言われるけれども、私はこれを広めただけである。荒井の社畜を借りれば、さしずめ社宅は〝社畜小屋〟ということになるだろう。

オウム真理教が世を騒がせた時、私は「社宅という名のサティアンもある」と皮肉った。有吉のこの小説は、その社宅の生活を描いた〝社宅小説〟の傑作である。

この中で、ある社宅夫人がこう述懐する。

「誰が考え出したのか知らないけど、社宅なんて残酷この上もない制度だと思うわ。一家ぐるみで会社に二十四時間も拘束されることになるんですものね。言いたいことも言えず、亭主の会社における地位も身分も、なまなましく妻に分ってしまうのよ。隣の旦那さんが自分の夫より優秀かそうでないかは、同じ屋根の下で暮せば一週間で分ってしまうわ」

ドイツでは「社宅は金でつくられた鎖である」と言われ、労働組合も社宅建設に反対してきた。公共住宅の建設こそが望ましいことだからである。しかし、日本では組合が積極的にそれを要求してきた。

学生も、就職の際に「社宅のある会社はいい会社」と思って選んでしまう。

作家の深田祐介と対談した時、社宅の話になった。深田は日本航空に勤めていて、ある時期、社宅に住んでいた。

当然、社宅から会社へのコースは決まっているから、通勤時間はみな一緒になる。しかし、中には相性の悪い人間もいるわけで、そうした人間と隣合わせになると、毎朝、玄関で靴をはきながら、中腰の姿勢で隣の様子をうかがうと言われた。

ガタンと音がして隣が出たなと思ったら、ワンテンポ遅れて自分が出て行く。あまり遅れると会社に間に合わなくなるから、そこのところはなかなか難しいのだとか。

社宅はまた、相互監視機構の役割も果たす。

ある時、深田が会社を休み、昼過ぎに散歩に出ようと思って広場に降りて行った。

しかし、そこには社宅夫人たちが集まっていて、深田は絶好のエモノが来たという感じで取り囲まれた。

私は彼女らを、会社が無料で雇っている女忍者、つまり、〝くの一〟と名づけているが、中の一人に深田は、「アラ、深田さんの御主人、今日はお休みですか」と声をかけられた。最後の「か」はオクターブ高くなって詰問の色合いを帯びる。

続けて深田は、「ウチの主人は昨日も残業で、今日も朝早く出かけましたのよ」と浴びせられて、何か悪いことでもしたかのようにまわれ右をして自宅に戻ったという。そして、隣の奥さんが訪ねて来た時も、息を殺して逼塞していたとか。

この国では異色の経営者の本田宗一郎は、「社宅というのは残酷な制度だ。どうしてもつくらなければならないのなら、一軒ずつ分散しろ。そうしなければ社員を二十四時間、会社に縛りつけることになって、新しい考え方が会社の中に入ってこなくなる」と喝破しているが、本田のようなトップは圧倒的に少数派である。

やはり、社宅小説というべき重兼芳子の『うすい貝殻』(文藝春秋)には、ある社宅夫人が夫からこう言われる場面がある。

「おれはこの社宅の中では一番下っ端なんだぞ。会社に行けば部下はいるが、役付きの中では新米だ。おれが下だということはお前も奥さんの中で一番の下っ端なんだ。いいか、アパートとは違うんだぞ。社宅に住む以上は地位の序列のとおりに奥さんの序列もきまるんだ。とにかく控えめに、出過ぎぬように、知っていることも知らんと言え。分ったな」

このように、会社の〝階級〟がそのまま持ち込まれる社宅の中の「差別」は子どもにまで及んで、ヒラ社員の娘と遊んでいた自分の娘に、課長夫人が、「遊ぶんなら部長さんの子どもと遊びなさい」と言ったという例まで出てくる。

そうした日本の会社の陰湿な上下関係を諷刺した川柳が「運動会抜くなその子は課長の子」である。

戦後豊かになったといわれるが、〝社畜小屋〟がリッパになっただけではないのか。しかし、豊かさとは一人一人が自由に生きられるということだろう。

労働組合の要求の誤りを含めて、社宅はまさに〝会社国家・日本〟のゆがみを象徴しているが、有吉のペンがそれを突っつき出すように描破した。

過労死もまた、そうした息苦しさの中で生まれる。

「人はただ奴隷的に存在する安逸さになれてしまう。人間の奴隷的存在について考えてみよう。かつての奴隷たちは奴隷船につながれて新大陸へと運ばれた。超満員の通勤電車のほうがもっと非人間的でないのか。現代の無数のサラリーマンたちは、あらゆる意味で、奴隷的である。金にかわれている。時間で縛られている。上司に逆らえない。賃金もだいたい一方的に決められる。ほとんどわずかの金しかもらえない。それに欲望すらも広告によってコントロールされている。肉体労働の奴隷たちはそれでも家族と食事をする時間がもてたはずなのに」

これは一九八七年に四三歳で過労死した八木俊亜が日記に書き残していた言葉である。

49 「世間」に立ち向かう

『食卓のない家』円地文子 著

左翼から右翼に転じて作家となった見沢知廉が自らの監房生活を綴った『囚人狂時代』（ザ・マサダ）に、一九八三年秋、千葉刑務所のプレス工場で会った連合赤軍の吉野雅邦について、こう書いている。浅間山荘事件に由来して「あさまさん」と呼ばれる吉野は進んで後輩の面倒を見る親切な人だった。

「俺より十歳ぐらい年上だから、当時は三十代半ばだったわけだが、一見、実際の年よりずっと老けていた。一方で、世間ずれしない、生真面目な雰囲気も漂わせている。どこか青年がそのまま冷凍保存されて、浦島太郎の白い煙を被ったような老け込み方なのだ」

ある日、金ちゃんという無期懲役囚が見沢に言う。

「あのメガネの人、知ってる？」

「知らない」と答えると、有名な左翼の人だと返された。

「へえ！　左翼かあ。俺も昔左翼やってたから、知ってるかもね。どこの左翼？　中核、それとも革マルとか？」

「連合赤軍って知ってるでしょ。山の中で十四人殺してさ、あさま山荘に立てこもって銃撃戦したじゃない」

金ちゃんの解説に見沢は「吉野雅邦だ！」と思う。

それから二人は親しくなり、囲碁で〝左右決戦〟をやるようになった。トラブルが起きては困ると、担当職員は心配していつも横に来ていたとか。

吉野は真剣そのもので、メガネをずり上げ、目を細めてブツブツ呟きながら、盤面に向かう。

「……あっ、それ待って下さいよ」と見沢が待ったをかけると、吉野は首を左右に大きくふって、「ダメです。これは真剣勝負なんです」と却下した。

「うーん、一回だけ」と見沢が頼んでも、「ダメです。何ごとも待ったなしです」と素っ気ない。勝負はたいてい見沢の負けだったが、吉野は勝つと「ワーイ」とバンザイをして、異常に喜んだ。

見沢によれば、「何をするにも全身全霊で打ち込んでしまうタイプ」だった。

見沢は吉野と、こんなキワドイ話もした。

「僕もスパイを殺《や》ったんですが……あれ(あさま山荘)は、皆仲間殺しだったんですか？」

「いや、スパイはいました。公安のね。それは報道されない。ただ仲間殺しとだけ糾弾される。悔しいですね……」

この吉野がすなわち『食卓のない家』の鬼童子乙彦のモデルだというわけではない。しかし、円地が連合赤軍事件に想を得て、この小説を書いたことは確かである。

円地はむしろ、その家族に焦点を当て、父親を主人公とした。いわゆる「世間」は、リンチ殺人事件を起こした連合赤軍の面々の家族に激しい非難を浴びせたが、財閥系の電機メーカーの研究所に勤める鬼童子信之は、成人した息子のやったことに、どうして、その父親が謝らなければならないのか、わからなかった。息子が反社会的な行動をしたからといって、なぜ父親が社会から指弾されなければならないのか。

「乙彦が憎いとか可愛いとかいう問題じゃなく、息子の行動によって親が責任をとるべきだという日本の社会の通念に、私自身反撥せずにはいられなかったのですよ」

信之の述懐に友人の弁護士はこう答える。

「未成年者ならともかく、二十歳を越えた男の子のやり出したことに何で親が謝罪したり、引責辞職したりしなければならないのかというのが君の主張だった……君はその主張を実践したから世間は君をまで、不逞な親だと認めて、攻撃したんだよ。面白いことにはこういう批難の中には君が乙彦君に一切構わない、弁護士もつけないということまで、文句の種にして、こういう冷酷な父親だから、こういう息子が生れるのだという声まで交っていたことだよ」

実際には、財閥系企業の重役だった父親は退職を余儀なくされ、あさま山荘事件の時に母親は吉野への呼びかけをやらされている。

小説に戻れば、事件を利用して信之をやめさせようという動きが会社の中に出てくる。それぞれがそれぞれの思惑で「世間」を利用しようとするのだが、それに負けない信之を、獄中の息子の乙彦も支持する。

「あの時、職をやめて、世間に詫びるようなことをすれば、僕は親爺を軽蔑したでしょう。僕が既成社会に対して、加害者であることは間違いない事実だけれど、父はあの場合明らかに被害者です。何で被害者が社会的な責任を取らなければならないか僕にはわかりません。自分の研究を中絶したり、職を辞めたりして、家族を路頭に迷わせさえすれば、親としての責任が果せるというのですか。それでは個人の権利は保証されないと言うことになるでしょう。そういう社会だから打ち壊さなければならないとも言えるけれども、僕の論理は今の社会構造をそれほど甘くは見ていませんよ。成年に達した男女の行動に家族が責任を持たないのは法律が認めている事実でしょう」

家族の絆という美名の下に、子を親の付属物のように見なし、独立した存在とは認めない日本の風土に、断乎として対抗する信之の方が乙彦より革命者なのかもしれない。

『女坂』とか『妖』とか女を取り上げた作品の多い円地が、男に挑んだこの作品で、重要な人物として、信之の妻の由美子の姉、中原喜和が登場する。厚生省のキャリアの官僚である喜和と信之の間に通い合うものを察知した由美子は自殺してしまうのだが、この喜和もまた「世間」に立ち向かっている。

50　企業ぐるみ選挙の悲哀

『わが社のつむじ風』浅川　純著

『中央公論』の一九九二年三月号に、アメリカのイリノイ大学教授、千栄子・ムルハーンが「日本の経済小説をじゃんじゃん輸出せよ」と書いた。彼女は安土敏の『企業家サラリーマン』(講談社文庫)を〝SHOSHAMAN〟と題して英訳したが、これはアメリカで「予想以上の売れ行きをみせた」とか。

一九九〇年には、玉枝・プリンドルの編訳で〝MADE IN JAPAN AND OTHER JAPANESE BUSINESS NOVELS〟が出ている。城山三郎の「メイド・イン・ジャパン」他、高杉良、清水一行、開高健、堺屋太一の中短編が収められ、「忠実で、従順で、ミゼラブル」な日本のサラリーマンの生活が評判となった。

この作品も翻訳されたら、びっくりされただろう。浅川は日立製作所に二〇年近く勤めていた。そこでは〝企業ぐるみ選挙〟がほとんど公然と行われていた。しかし、日立だけでなく、多くの日本の企業で同じようなことが行われてきたのである。民主主義が一度も入ったことのない〝憲法番外地〟のそこで演じられる「人間喜劇」を浅川は描いた。

田中角栄が自民党総裁だった時の参議院選挙から、企業ぐるみ選挙は本格的にスタートした。その選挙で、日立製作所ならぬ「日出製作所」はタレントの山東昭子ならぬ「山京照子」を推すことを割り当てられた。

それについて浅川は、こんな「秘話」を明かす。選挙対策の総責任者である総務担当常務が、全事業所長を集めた席で、「全国区は山京照子」と通達した。すると、ある研究者あがりの工場長が手を挙げて、「なぜ、山京照子ですか」と質問した。彼にすれば、工場に帰って何千人もいる部下に、全国区は山京照子、と下知しなければならない。それには、こじつけにしろ、何らかのもっともらしい理由がなければ説得力がない。

そう思って聞いたのだが、常務は、「そんなことも、聞かなきゃわからないのか！」とカミナリを落とした。つまり、常務にも推薦理由はわからないのであり、よけいなことは聞くなということなのである。

そして、とにかく与えられた候補を「仕事として」応援させ、当選させる。その時、系列取引や親会社子会社関係が利用された。

もちろん、それは参院選だけでなく、衆院選ではもっと大がかりに行われる。

小選挙区施行前の中選挙区で、日立の工場が多い茨城二区では「久慈川協定」なるものによって、久慈川以北の四工場が塚原俊平ならぬ「塚畑俊吉」を推し、以南の五工場が梶山静六ならぬ「刈山静八」を推してきた。

それで、たとえばこんな場面も見られた。集められた「日出製作所」の九工場の勤労課長の一人が地盤割りをメモしようとして、総務部長から次のように叱責される。

「転勤で、この地での選挙は初めてという者もいるようだが、経験者からよく話を聞いて、慎重にことにあたってもらいたい。選挙違反で逮捕されるようなことにでもなったら、社の名誉を傷つけ、ただではすまない。司直の手にかかるのは極端な例にしても、反対陣営に尻尾をつかまれ、中傷ビラを撒かれることだってあるんだ。言動には、細心の注意を払ってもらいたい」

のちに大実力者となった「刈山静八」も、ロッキード事件の判決が出た後の選挙で、一度落選している。〝田中派ばりばりの青年将校〟という看板が逆効果になったのだが、その時、「刈山を推した久慈川以南の日出製作所五工場の面目丸つぶれで、とりまとめ責任者の総務部長が丸坊主になるという大時代的なケジメを演じて、さしもの儀式慣れした社員をあぜんとさせた」という。

そして次回——。

落選を恐れた刈山は、土壇場になって「久慈川協定」を破ることを要求し、以北の四工場の内の「大皆工場」は「塚畑」から「刈山」にクラ替えすることになった。

「実は、昨夜、日出工場の選挙推進本部長に呼ばれて、本社上層部の緊急決定事項を下知された。大皆工場の管理職および傘下の外注工場は、刈山静八候補を支援すること」

昨日まで「塚畑」と言っていた同じ口で、「刈山」をよろしくと頼む。実際に塚畑のポスターの上に刈山のポスターを貼ってまわったのだった。飲み屋でそれが話題になる。

「結婚式の前の日に、招待状をだした先を一軒一軒回って、新婦の名前の上に、別の女の名前をゴム印で押した紙っぺらを貼って歩くようなもんだな。……まるで、漫画だ」

「そんな筋の通らない、卑怯なこと、大会社の人がする？」

「大会社の人だから、するんだ。背広着てネクタイ締めて紳士面していても、根は上のいいなりに動くサラリーマンだから、元々筋を通すなんて気もないのさ。だから、白いものでも、上が黒といえば、黒になる。塚畑でも、上が刈山といえば、刈山になるさ」

「上から入ったものを、そのまま下に出すだけだったら腹下しと一緒じゃないか」

日立ならぬ日出の下請けの経営者の声も、この小説には出てくる。

「日出さんは、いつも予算説明では、円高が進んで輸出が赤字に転落する、とか、限られた国内の注文のとりあいになって利幅が薄くなる、とか、きびしい話をされる。日頃お世話になっている親工場さんが苦境にあると聞かされれば、我々も微力ながら最善の努力を払って、できる限りの協力をしないわけにはいきません。しかし、新聞に報道される期末の決算では、このところ毎期最高益を更新されている」

一九八二年に起こったＩＢＭ産業スパイ事件では日立の社員が捕まったが、この事件をモデルにした三好徹の『白昼の迷路』(文春文庫)も強烈である。

おわりに

東芝についての連続する報道が明らかにしたように、日本の企業の体質はまったく変わっていない。私は「東芝藩」であり「日立藩」だと指摘してきたが、その変わらない閉鎖的な体質は驚くほどである。

たとえば東芝には「扇会」と呼ばれる秘密のスパイ組織があった。一九七四年春に結成されたこの会は、労働組合の執行部を「健全派で固める」とか、配転について「応じるという結論を出さねば職場にいられないというムードを作る」ために努力することを誓っている。

扇会の文書には、「問題者への対応」という章があり、「問題者」を判断するポイントを次のように列挙する。まず、職場での兆候判断のポイントである。

- 企業内(職場)では、行動に空白部分多く、昼休み、終業後の行動が見当つかない。
- 自主的な傾向が強くなり、職制に対する協調性が弱くなる。
- 職場の同僚や、特に若年者と新入社員の悩みごとや苦情に対する世話役活動を積極的に行う。

・若い人を対象とした〝サークル活動〟に力を入れ、いろいろなインフォーマルグループをつくり、その中心となって面倒をよくみる。
・就業規則をよく知り、有給休暇の全面行使など、権利意識が強くなる。
・職場での小さな苦情や職場要求が多くなり、不平、不満を組織化し、これを職場に代弁者として説得力ある発言を職場や職制にするようになると共に、職場問題を不必要に拡大発展させる傾向が強くなる。
・朝のお茶くみ、掃除、その他のサービス労働に抵抗するようになり、奉仕的な美徳をなくする方向に力を入れる。
・特別な理由もないのに、特定日の残業をしない。
・職制の言動をマークし、職制のいうことをよくメモにとる。
・昇給時に、同僚の昇給を聞いて歩いたり、上司、会社の査定について職制にいろいろ問い質す。

いくつか抜粋したが、「問題者」を発見するためのポイントはもっと多岐にわたる。そして、それと思われる人間がいると、一八〇〇余名の会員でスタートした「扇会」のメンバーが尾行したりして、その結果を「本社勤務部」に通報するのである。

一九八二年一月二三日付『毎日新聞』の多摩版に「批判ビラで〝職場八分〟――工員、慰謝料求め訴訟」という見出しで、次のような記事が載った。

「会社や労組に批判的なビラを配ったのを発端に、上司からいやがらせを受け、職場でのけものにされた――と、府中市の東芝府中工場の板金工が、会社と上司を相手取り、慰謝料など五百五万円を請求する訴訟を二一日、東京地裁八王子支部に起こした」

訴えたのは同工場材料加工部製缶課に勤めていた上野仁さんで、当時二五歳。

彼は技能オリンピックに入賞したこともある優秀な工員だったが、ラインの同僚全員が日常のあいさつをしないだけでなく、製造長から暴行を受けたりしたので訴えたのである。裁判の過程で、社員を監視する秘密組織「扇会」の存在が明らかになった。

私は上野さんを支援していたので、このことを知ったが、あに東芝のみならんや、である。似たりよったりの「憲法番外地」が日本の会社の実態である。

企業と経済についての五〇冊を順不同に書いていって、編集は吉田裕さんに任せた。吉田さんへの感謝で、「おわりに」を結びたい。


〔付記〕引用文中に、今日の人権意識に照らして不適切と思われる記述が含まれているが、作品の時代性に鑑み、そのままとした。

本書で取り上げた50冊

1 『**原子力戦争**』田原総一朗，筑摩書房，1976年〔講談社文庫，1981年，ちくま文庫，2011年〕

2 『**ザ・原発所長**』上・下，黒木亮，朝日新聞出版，2015年〔幻冬舎文庫，2020年〕

3 『**原発ホワイトアウト**』若杉冽，講談社，2013年〔講談社文庫，2015年〕

4 『**まかり通る——電力の鬼・松永安左エ門**』上・下，小島直記，毎日新聞社，1973年〔新潮文庫，1982年，東洋経済新報社，2003年〕

5 『**小説佐川疑獄**』大下英治，ぴいぷる社，1993年〔徳間文庫，1993年〕

6 『**金色の翼——暴かれた航空機商戦**』本所次郎，講談社，1983年〔角川文庫，1986年，読売新聞社，1997年〕

7 『**小説経団連**』秋元秀雄，雪華社，1968年〔講談社文庫，1982年，読売新聞社，1997年〕

8 『**戦略合併——企業小説**』広瀬仁紀，光風社ノベルス，1987年〔(改題『銀行合併』)廣済堂文庫，1991年〕

9 『**小説談合——ゼネコン入札の舞台裏**』(原題『小説ウォーターフロント——談合の舞台裏』)清岡久司，三一書房，1989年〔講談社文庫，1994年〕

10 『**金環蝕**』石川達三，新潮社，1966年〔新潮文庫，1974年，岩波現代文庫，2000年〕

11 『**生贄**』梶山季之，徳間書店，1967年

12 『**戦争と人間**』全18巻，五味川純平，三一新書，1965-1982年〔光文社文庫，1985年〕

13 『**小説ヘッジファンド**』(原題『回避《ザ・ヘッジ》』)幸田真音，講談社，1995年〔講談社文庫，1999年，角川文庫，2017年〕

14 『**ハゲタカ**』シリーズ，真山仁，ダイヤモンド社，2004年〔講談社文庫，2006年，新装版講談社文庫，2013年〕

15 『**頭取敗れたり――小説銀行合併**』笹子勝哉，学陽書房，1980 年〔講談社文庫，1987 年〕
16 『**小説日本銀行**』城山三郎，新潮社，1963 年〔角川文庫，1971 年，新潮文庫，1977 年〕
17 『**小説大蔵省――財政再建極秘指令**』江波戸哲夫，かんき出版，1984 年〔講談社文庫，1987 年〕
18 『**果つる底なき**』池井戸潤，講談社，1998 年〔講談社文庫，2001 年〕
19 『**ザ・ロスチャイルド**』渋井真帆，ダイヤモンド社，2013 年
20 『**ピコラエヴィッチ紙幣――日本人が発行したルーブル札の謎**』熊谷敬太郎，ダイヤモンド社，2009 年
21 『**小説総会屋**』三好徹，光文社，1978 年〔集英社文庫，1983 年，読売新聞社，1997 年〕
22 『**虚業集団**』清水一行，読売新聞社，1968 年〔集英社文庫，1977 年，光文社文庫，1996 年〕
23 『**白昼の死角**』高杉彬光，光文社，1960 年〔角川文庫，1976 年，光文社文庫，2005 年〕
24 『**火車**』宮部みゆき，双葉社，1992 年〔新潮文庫，1998 年〕
25 『**トヨトミの野望――小説・巨大自動車企業**』梶山三郎，講談社，2016 年〔小学館文庫，2019 年〕
26 『**大阪立身――小説・松下幸之助**』邦光史郎，サンケイノベルス，1975 年〔集英社文庫，1983 年〕
27 『**19 階日本横丁**』堀田善衞，朝日新聞社，1972 年〔集英社文庫，1977 年，朝日文芸文庫，1997 年〕
28 『**忘れられたオフィス――長編経済小説**』植田草介，講談社，1987 年〔徳間文庫，1994 年〕
29 『**炎熱商人**』深田祐介，文藝春秋，1982 年〔文春文庫，1984 年〕
30 『**商社審査部 25 時――知られざる戦士たち**』高任和夫，商事法務研究会，1985 年〔徳間文庫，1990 年，講談社文庫，2005 年〕
31 『**空の城**』松本清張，文藝春秋，1978 年〔文春文庫，1982 年，新装版文春文庫，2009 年〕

32 『**海の牙**』水上勉，河出書房新社，1960年〔角川文庫，1964年，双葉文庫，1995年〕

33 『**遠い約束**』夏樹静子，文藝春秋，1977年〔文春文庫，1980年〕

34 『**銀の虚城《ホテル》**』森村誠一，青樹社，1968年〔角川文庫，1974年，ハルキ文庫，1997年〕

35 『**MR**』久坂部羊，幻冬舎，2021年

36 『**マネー・ハンター**』(原題『兜町《シマ》の狩人《ハンター》――経済小説』)安田二郎，亜紀書房，1980年〔講談社文庫，1983年〕

37 『**小説スーパーマーケット**』(原題『小説流通産業』)安土敏，日本経済新聞社，1981年〔講談社文庫，上・下，1984年〕

38 『**震える牛**』相場英雄，小学館，2012年〔小学館文庫，2013年〕

39 『**沈まぬ太陽**』シリーズ，山崎豊子，新潮社，1999年〔新潮文庫，2001年〕

40 『**日経新聞の黒い霧**』大塚将司，講談社，2005年

41 『**紙の城**』本城雅人，講談社，2016年〔講談社文庫，2020年〕

42 『**いつも月夜とは限らない**』広瀬隆，講談社，1992年〔講談社文庫，1995年〕

43 『**管理職の叛旗**』(原題『人事権執行』)杉田望，ベストセラーズ，1991年〔講談社文庫，1994年〕

44 『**会社を喰う**』渡辺一雄，毎日新聞社，1979年〔徳間文庫，1986年〕

45 『**懲戒解雇**』(原題「エリートの反乱」)高杉良，講談社文庫，1985年〔徳間文庫，1998年，文春文庫，2018年〕

46 『**風は西から**』村山由佳，幻冬舎，2018年〔幻冬舎文庫，2020年〕

47 『**ふぞろいの林檎たち**』シリーズ，山田太一，大和書房，1983年〔新潮文庫，1990年〕

48 『**夕陽ヵ丘三号館**』有吉佐和子，新潮社，1971年〔文春文庫，1975年〕

49 『**食卓のない家**』上・下，円地文子，新潮社，1979年〔新潮文庫，1982年〕

50 『**わが社のつむじ風**』浅川純，実業之日本社，1992年〔新潮文庫，1995年〕

佐高 信

1945年山形県生まれ
1967年慶應義塾大学法学部卒業
現在―評論家・東北公益文科大学客員教授
著書―『城山三郎の遺志』(編著，岩波書店，2007年)
『城山三郎の昭和』(角川文庫，2007年)
『世代を超えて語り継ぎたい戦争文学』(共著，岩波現代文庫，2015年)
『人間が幸福になれない日本の会社』(平凡社新書，2016年)
『反-憲法改正論』(角川新書，2019年)
『いま、なぜ魯迅か』(集英社新書，2019年)
『なぜ日本のジャーナリズムは崩壊したのか』(共著，講談社＋α新書，2020年)
『時代を撃つノンフィクション100』(岩波新書，2021年)ほか

企業と経済を読み解く小説50　岩波新書(新赤版)1905

2021年12月17日　第1刷発行

著　者　佐《さ》高《たか》 信《まこと》

発行者　坂本政謙

発行所　株式会社 岩波書店
〒101-8002 東京都千代田区一ツ橋2-5-5
案内 03-5210-4000　営業部 03-5210-4111
https://www.iwanami.co.jp/

新書編集部 03-5210-4054
https://www.iwanami.co.jp/sin/

印刷・精興社　カバー・半七印刷　製本・中永製本

ISBN 978-4-00-431905-4　Printed in Japan

岩波新書新赤版一〇〇〇点に際して

ひとつの時代が終わったと言われて久しい。だが、その先にいかなる時代を展望するのか、私たちはその輪郭すら描きえていない。二〇世紀から持ち越した課題の多くは、未だ解決の緒を見つけることのできないままであり、二一世紀が新たに招きよせた問題も少なくない。グローバル資本主義の浸透、憎悪の連鎖、暴力の応酬――世界は混沌として深い不安の只中にある。

現代社会においては変化が常態となり、速さと新しさに絶対的な価値が与えられた。消費社会の深化と情報技術の革命は、種々の境界を無くし、人々の生活やコミュニケーションの様式を根底から変容させてきた。ライフスタイルは多様化し、一面では個人の生き方をそれぞれが選びとる時代が始まっている。同時に、新たな格差が生まれ、様々な次元での亀裂や分断が深まっている。社会や歴史に対する意識が揺らぎ、普遍的な理念に対する根本的な懐疑や、現実を変えることへの無力感がひそかに根を張りつつある。そして生きることに誰もが困難を覚える時代が到来している。

しかし、日常生活のそれぞれの場で、自由と民主主義を獲得し実践することを通じて、私たち自身がそうした閉塞を乗り超え、希望の時代の幕開けを告げてゆくことは不可能ではあるまい。そのために、いま求められていること――それは、個と個の間で開かれた対話を積み重ねながら、人間らしく生きることの条件について一人ひとりが粘り強く思考することではないか。その営みの糧となるものが、教養に外ならないと私たちは考える。歴史とは何か、よく生きるとはいかなることか、世界そして人間はどこへ向かうべきなのか――こうした根源的な問いとの格闘が、文化と知の厚みを作り出し、個人と社会を支える基盤としての教養となった。まさにそのような教養への道案内こそ、岩波新書が創刊以来、追求してきたことである。

岩波新書は、日中戦争下の一九三八年一一月に赤版として創刊された。創刊の辞は、道義の精神に則らない日本の行動を憂慮し、批判的精神と良心的行動の欠如を戒めつつ、現代人の現代的教養を刊行の目的とする、と謳っている。以後、青版、黄版、新赤版と装いを改めながら、合計二五〇〇点余りを世に問うてきた。そして、いままた新赤版が一〇〇〇点を迎えたのを機に、人間の理性と良心への信頼を再確認し、それに裏打ちされた文化を培っていく決意を込めて、新しい装丁のもとに再出発したいと思う。一冊一冊から吹き出す新風が一人でも多くの読者の許に届くこと、そして希望ある時代への想像力を豊かにかき立てることを切に願う。

（二〇〇六年四月）

経済

日本経済図説〔第五版〕	宮崎勇・本庄真・田谷禎三
好循環のまちづくり！	枝廣淳子
グローバル・タックス	諸富徹
世界経済図説〔第四版〕	宮崎勇・田谷禎三
日本経済30年史 バブルからアベノミクスまで	山家悠紀夫
行動経済学の使い方	大竹文雄
日本のマクロ経済政策	熊倉正修
ゲーム理論入門の入門	鎌田雄一郎
平成経済 衰退の本質	金子勝
幸福の増税論	井手英策
日本の税金〔第3版〕	三木義一
戦争体験と経営者	立石泰則
金融政策に未来はあるか	岩村充
データサイエンス入門	竹村彰通
経済数学入門の入門	田中久稔
地元経済を創りなおす	枝廣淳子
会計学の誕生	渡邉泉
偽りの経済政策	服部茂幸
ミクロ経済学入門の入門	坂井豊貴
経済学のすすめ	佐和隆光
ガルブレイス	伊東光晴
ユーロ危機とギリシャ反乱	田中素香
ポスト資本主義 科学・人間・社会の未来	広井良典
日本の納税者◆	三木義一
タックス・イーター	志賀櫻
コーポレート・ガバナンス◆	花崎正晴
グローバル経済史入門	杉山伸也
アベノミクスの終焉◆	服部茂幸
新・世界経済入門	西川潤
金融政策入門	湯本雅士
日本経済図説〔第四版〕	宮崎勇・本庄真・田谷禎三
新自由主義の帰結	服部茂幸
タックス・ヘイブン	志賀櫻
WTO 貿易自由化を超えて	中川淳司
日本財政 転換の指針	井手英策
成熟社会の経済学	小野善康
平成不況の本質	大瀧雅之
原発のコスト	大島堅一
次世代インターネットの経済学	依田高典
ユーロ 危機の中の統一通貨	田中素香
低炭素経済への道	諸富徹・浅岡美恵
「分かち合い」の経済学	神野直彦
グリーン資本主義	佐和隆光
消費税をどうするか	小此木潔
国際金融入門〔新版〕	岩田規久男
ビジネス・インサイト◆	石井淳蔵
金融商品とどうつき合うか	新保恵志
金融NPO	藤井良広
地域再生の条件	本間義人
経済データの読み方〔新版〕	鈴木正俊
格差社会 何が問題なのか	橘木俊詔

(2021.10)

◆は品切，電子書籍版あり．　(C1)

岩波新書より

環境再生と日本経済　三橋規宏
経営者の条件　大沢武志
人間回復の経済学◆　神野直彦
社会的共通資本　宇沢弘文
景気と国際金融　小野善康
ブランド 価値の創造　石井淳蔵
日本の経済格差　橘木俊詔
景気と経済政策　小野善康
戦後の日本経済　橋本寿朗
共生の大地 新しい経済がはじまる　内橋克人
シュンペーター　伊東光晴　根井雅弘
経済学の考え方　宇沢弘文
経済学とは何だろうか　佐和隆光
イギリスと日本　森嶋通夫
近代経済学の再検討　宇沢弘文
ケインズ　伊東光晴
アダム・スミス　高島善哉
資本論の世界　内田義彦
資本論入門◆　向坂逸郎

マルクス・エンゲルス小伝◆　大内兵衛

(2021.10)　◆は品切，電子書籍版あり．(C2)

社会

ジョブ型雇用社会とは何か　濱口桂一郎
法医学者の使命　「人の死を生かす」ために　吉田謙一
異文化コミュニケーション学　鳥飼玖美子
モダン語の世界へ　山室信一
時代を撃つノンフィクション100　佐高信
労働組合とは何か　木下武男
プライバシーという権利　宮下紘
地域衰退　宮﨑雅人
江戸問答　田中優子　松岡正剛
広島平和記念資料館は問いかける　志賀賢治
コロナ後の世界を生きる　村上陽一郎編
リスクの正体　神里達博
紫外線の社会史　金凡性
「勤労青年」の教養文化史　福間良明
5G　次世代移動通信規格の可能性　森川博之
客室乗務員の誕生　山口誠
「孤独な育児」のない社会へ　榊原智子
放送の自由　川端和治
社会保障再考　〈地域〉で支える　菊池馨実
生きのびるマンション　山岡淳一郎
虐待死　なぜ起きるのか、どう防ぐか　川崎二三彦
平成時代　吉見俊哉
バブル経済事件の深層　奥山俊宏　村山治
日本をどのような国にするか　丹羽宇一郎
なぜ働き続けられない？　社会と自分の力学　鹿嶋敬
物流危機は終わらない　首藤若菜
認知症フレンドリー社会　徳田雄人
アナキズム　一丸となってバラバラに生きろ　栗原康
まちづくり都市 金沢　山出保
総介護社会　小竹雅子
賢い患者　山口育子
住まいで「老活」　安楽玲子
現代社会はどこに向かうか　見田宗介
EVと自動運転　クルマをどう変えるか　鶴原吉郎
ルポ 保育格差　小林美希
棋士とAI　王銘琬
科学者と軍事研究　池内了
原子力規制委員会　新藤宗幸
東電原発裁判　添田孝史
日本問答　田中優子　松岡正剛
日本の無戸籍者　井戸まさえ
〈ひとり死〉時代のお葬式とお墓　小谷みどり
町を住みこなす　大月敏雄
歩く、見る、聞く 人びとの自然再生　宮内泰介
対話する社会へ　暉峻淑子
悩みいろいろ　金子勝
魚と日本人　食と職の経済学　濱田武士
ルポ 貧困女子　飯島裕子

岩波新書より

鳥獣害 動物たちと、どう向きあうか　祖田修
科学者と戦争　池内了
新しい幸福論　橘木俊詔
ブラックバイト 学生が危ない　今野晴貴
原発プロパガンダ　本間龍
ルポ 母子避難　吉田千亜
日本にとって沖縄とは何か　新崎盛暉
日本病 長期衰退のダイナミクス　金子勝　児玉龍彦
雇用身分社会　森岡孝二
生命保険とのつき合い方　出口治明
ルポ にっぽんのごみ　杉本裕明
鈴木さんにも分かるネットの未来　川上量生
地域に希望あり　大江正章
世論調査とは何だろうか　岩本裕
フォト・ストーリー 沖縄の70年　石川文洋
ルポ 保育崩壊　小林美希
多数決を疑う 社会的選択理論とは何か　坂井豊貴

アホウドリを追った日本人　平岡昭利
朝鮮と日本に生きる　金時鐘
被災弱者　岡田広行
農山村は消滅しない　小田切徳美
復興〈災害〉　塩崎賢明
「働くこと」を問い直す　山崎憲
原発と大津波 警告を葬った人々　添田孝史
縮小都市の挑戦　矢作弘
福島原発事故 被災者支援政策の欺瞞　日野行介
日本の年金　駒村康平
食と農でつなぐ 福島から　塩谷弘康　岩崎由美子
過労自殺〔第二版〕　川人博
金沢を歩く　山出保
ドキュメント 豪雨災害　稲泉連
ひとり親家庭　赤石千衣子
女のからだ フェミニズム以後　荻野美穂
〈老いがい〉の時代　天野正子
子どもの貧困 II　阿部彩

性と法律　角田由紀子
ヘイト・スピーチとは何か　師岡康子
生活保護から考える◆　稲葉剛
かつお節と日本人　宮内泰介　藤林泰
家事労働ハラスメント　竹信三恵子
福島原発事故 県民健康管理調査の闇　日野行介
電気料金はなぜ上がるのか　朝日新聞経済部
おとなが育つ条件　柏木惠子
在日外国人〔第三版〕　田中宏
まち再生の術語集　延藤安弘
震災日録 記憶を記録する　森まゆみ
原発をつくらせない人びと　山秋真
社会人の生き方　暉峻淑子
構造災 科学技術社会に潜む危機　松本三和夫
家族という意志　芹沢俊介
ルポ 良心と義務　田中伸尚
飯舘村は負けない　千葉悦子　松野光伸
夢よりも深い覚醒へ　大澤真幸

岩波新書より

3・11 複合被災◆	外岡秀俊
子どもの声を社会へ	桜井智恵子
就職とは何か	森岡孝二
日本のデザイン	原　研哉
ポジティヴ・アクション	辻村みよ子
脱原子力社会へ	長谷川公一
希望は絶望のど真ん中に	むのたけじ
福島 原発と人びと	広河隆一
アスベスト 広がる被害	大島秀利
原発を終わらせる	石橋克彦編
日本の食糧が危ない	中村靖彦
勲章 知られざる素顔	栗原俊雄
希望のつくり方	玄田有史
生き方の不平等◆	白波瀬佐和子
同性愛と異性愛	風間　孝 河口和也
贅沢の条件	山田登世子
新しい労働社会	濱口桂一郎
世代間連帯	上野千鶴子 辻元清美
道路をどうするか	五十嵐敬喜 小川明雄
子どもの貧困	阿部　彩
子どもへの性的虐待	森田ゆり
戦争絶滅へ、人間復活へ	むのたけじ 黒岩比佐子 聞き手
テレワーク「未来型労働」の現実	佐藤彰男
反貧困	湯浅　誠
不可能性の時代	大澤真幸
地域の力	大江正章
少子社会日本	山田昌弘
親米と反米	吉見俊哉
「悩み」の正体	香山リカ
変えてゆく勇気◆	上川あや
戦争で死ぬ、ということ	島本慈子
ルポ 改憲潮流	斎藤貴男
社会学入門	見田宗介
冠婚葬祭のひみつ	斎藤美奈子
少年事件に取り組む	藤原正範
悪役レスラーは笑う◆	森　達也
いまどきの「常識」	香山リカ
働きすぎの時代◆	森岡孝二
桜が創った「日本」	佐藤俊樹
生きる意味	上田紀行
ルポ 戦争協力拒否	吉田敏浩
社会起業家◆	斎藤　槙
ウォーター・ビジネス	中村靖彦
逆システム学◆	金子　勝 児玉龍彦
男女共同参画の時代	鹿嶋　敬
当事者主権	中西正司 上野千鶴子
豊かさの条件	暉峻淑子
クジラと日本人	大隅清治
人生案内	落合恵子
若者の法則	香山リカ
自白の心理学	浜田寿美男
原発事故はなぜくりかえすのか	高木仁三郎
日本の近代化遺産	伊東　孝
証言 水俣病	栗原　彬編
日の丸・君が代の戦後史◆	田中伸尚
コンクリートが危ない	小林一輔

岩波新書より

現代世界

ネルソン・マンデラ　堀内隆行
日韓関係史　木宮正史
文在寅時代の韓国　文京洙
アメリカ大統領選　久保文明／金成隆一
イスラームからヨーロッパをみる　内藤正典
アメリカの制裁外交　杉田弘毅
ルポ トランプ王国2　金成隆一
2100年の世界地図 アフラシアの時代　峯陽一
フォト・ドキュメンタリー 朝鮮に渡った「日本人妻」　林典子
サイバーセキュリティ　谷脇康彦
トランプのアメリカに住む　吉見俊哉
ライシテから読む現代フランス　伊達聖伸
ベルルスコーニの時代　村上信一郎
イスラーム主義　末近浩太
ルポ 不法移民 アメリカ国境を越えた男たち　田中研之輔

習近平の中国 百年の夢と現実　林望
日中漂流　毛里和子
中国のフロンティア　川島真
シリア情勢　青山弘之
ルポ トランプ王国　金成隆一
ルポ 難民追跡 バルカンルートを行く　坂口裕彦
アメリカ政治の壁　渡辺将人
プーチンとG8の終焉　佐藤親賢
香港 中国と向き合う自由都市　倉田徹／張彧暋
〈文化〉を捉え直す　渡辺靖
イスラーム圏で働く　桜井啓子編
中南海 知られざる中国の中枢　稲垣清
フォト・ドキュメンタリー 人間の尊厳　林典子
㈱貧困大国アメリカ　堤未果
女たちの韓流　山下英愛
新・現代アフリカ入門　勝俣誠
中国の市民社会　李妍焱
勝てないアメリカ　大治朋子

ブラジル 跳躍の軌跡　堀坂浩太郎
非アメリカを生きる　室謙二
ネット大国中国　遠藤誉
ジプシーを訪ねて　関口義人
中国エネルギー事情　郭四志
アメリカン・デモクラシーの逆説　渡辺靖
ユーラシア胎動　堀江則雄
オバマ演説集　三浦俊章編訳
ルポ 貧困大国アメリカII　堤未果
オバマは何を変えるか　砂田一郎
平和構築　東大作
ネイティブ・アメリカン　鎌田遵
アフリカ・レポート　松本仁一
ヴェトナム新時代　坪井善明
イラクは食べる　酒井啓子
ルポ 貧困大国アメリカ　堤未果
エビと日本人II　村井吉敬
北朝鮮は、いま　北朝鮮研究学会編／石坂浩一監訳

岩波新書より

岩波新書より

教育

大学は何処へ 未来への設計　吉見俊哉
教育は何を評価してきたのか　本田由紀
小学校英語のジレンマ　寺沢拓敬
アクティブ・ラーニングとは何か　渡部淳
保育の自由　近藤幹生
異才、発見！　伊藤史織
パブリック・スクール　新井潤美
新しい学力　齋藤孝
学びとは何か　今井むつみ
考え方の教室　齋藤孝
学校の戦後史　木村元
保育とは何か　近藤幹生
中学受験　横田増生
いじめ問題をどう克服するか　尾木直樹
教育委員会　新藤宗幸

先生！　池上彰編
教師が育つ条件　今津孝次郎
大学とは何か　吉見俊哉
赤ちゃんの不思議　開一夫
日本の教育格差　橘木俊詔
社会力を育てる　門脇厚司
子どもが育つ条件　柏木惠子
障害児教育を考える　茂木俊彦
誰のための「教育再生」か　藤田英典編
教育力　齋藤孝
思春期の危機をどう見るか　尾木直樹
幼児期　岡本夏木
教科書が危ない　入江曜子
「わかる」とは何か　長尾真
学力があぶない　大野晋・上野健爾
ワークショップ　中野民夫
子どもの危機をどう見るか　尾木直樹

子どもの社会力　門脇厚司
教育改革　藤田英典
子どもとあそび　仙田満
子どもと学校　河合隼雄
教育とは何か　大田堯
からだ・演劇・教育　竹内敏晴
教育入門　堀尾輝久
子どもの宇宙　河合隼雄
子どもとことば　岡本夏木
自由と規律　池田潔
私は二歳　松田道雄
私は赤ちゃん　松田道雄
ある小学校長の回想　金沢嘉市

岩波新書より

随筆

- 知的文章術入門　黒木登志夫
- 人生の1冊の絵本　柳田邦男
- レバノンから来た能楽師の妻　梅若マドレーヌ／竹内要江 訳
- 二度読んだ本を三度読む　柳　広司
- 原民喜　死と愛と孤独の肖像　梯　久美子
- 声優　声の職人　森川智之
- 生と死のことば　中国の名言を読む　川合康三
- 正岡子規　人生のことば　復本一郎
- 作家的覚書　髙村　薫
- 落語と歩く　田中　敦
- 文庫解説ワンダーランド　斎藤美奈子
- 俳句世がたり　小沢信男
- 日本の一文 30選　中村　明
- ナグネ　中国朝鮮族の友と日本　最相葉月
- 子どもと本　松岡享子

- 医学探偵の歴史事件簿 ファイル2　小長谷正明
- 里の時間　芥川　仁／阿部直美
- 閉じる幸せ　残間里江子
- 女の一生　伊藤比呂美
- 仕事道楽 新版　スタジオジブリの現場　鈴木敏夫
- 医学探偵の歴史事件簿　小長谷正明
- もっと面白い本　成毛　眞
- 99歳一日一言　むのたけじ
- 土と生きる　循環農場から　小泉英政
- なつかしい時間　長田　弘
- ラジオのこちら側で◆　ピーター・バラカン
- 面白い本　成毛　眞
- 百年の手紙　梯　久美子
- 本へのとびら　宮崎　駿
- ぼんやりの時間◆　辰濃和男
- 思い出袋　鶴見俊輔
- 活字たんけん隊　椎名　誠
- 道楽三昧　小沢昭一／神崎宣武 聞き手

- 文章のみがき方　辰濃和男
- 悪あがきのすすめ　辛　淑玉
- 水の道具誌　山口昌伴
- スローライフ　筑紫哲也
- 森の紳士録◆　池内　紀
- 沖縄生活誌◆　高良　勉
- シナリオ人生◆　新藤兼人
- 怒りの方法　辛　淑玉
- 伝言　永　六輔
- 活字の海に寝ころんで　椎名　誠
- 四国遍路　辰濃和男
- 嫁と姑　永　六輔
- 老人読書日記　新藤兼人
- 親と子　永　六輔
- 夫と妻　永　六輔
- 活字博物誌　椎名　誠
- 商(あきんど)人　永　六輔
- 芸人　永　六輔
- 現代人の作法　中野孝次
- 職人　永　六輔

(2021.10)　◆は品切，電子書籍版あり．(Q1)

岩波新書/最新刊から

1896 **スペイン史10講** 立石博高 著

ヨーロッパとアフリカ、地中海と大西洋――四つの世界が出会う場として、個性あふれる歩みを刻してきたスペインの通史。

1897 **知的文章術入門** 黒木登志夫 著

論文執筆の指導・審査歴50年の著者がデジタル社会ならではの知的文章術、プレゼン術を指南。日本語事例は痛快、英語文例は実践的。

1898 **〈弱さ〉を〈強み〉に** ―突然複数の障がいをもった僕ができること― 天畠大輔 著

四肢マヒ、視覚・嚥下障がい、発話困難……。独自のコミュニケーション法を創り、二四時間介助、博士号取得、会社設立を実現。

1899 **最澄と徳一** 仏教史上最大の対決 師茂樹 著

相容れない二人が交わした厖大な対話。彼らは何をどのように語り合ったか。真理を求める論争から描く、仏教史の新たな見取り図。

1900 **新型コロナと向き合う** ―「かかりつけ医」からの提言― 横倉義武 著

日医会長として初動の緊迫した半年間に新型コロナ感染症対応にあたった経験と、その後の知見を踏まえた、医療現場からの提言。

1901 **ロボットと人間** 人とは何か 石黒浩 著

ロボット研究とは、人間を深く知ることである。人間にとって自律、心、存在、対話とは何か。ロボットと人間の未来にも言及。

1902 **視覚化する味覚** ―食を彩る資本主義― 久野愛 著

資本主義経済の発展とともに食べ物の色の持つ意味や価値がどのように変化してきたのかを、感覚史研究の実践によりひもとく。

1903 **江戸の学びと思想家たち** 辻本雅史 著

〈知〉を文字によって学び伝えてゆく「教育社会」が個性豊かな江戸思想を生んだ。〈学び〉と〈メディア〉からみわたす思想史入門。

(2021. 12)